JN118450

泥だんご

松嶋　圭

梓書院

第一章

トランポリン

ゆふさんの家は波津の海のすぐ近くにあった。

壁も床も扉も家具も、すべて彼女自身の手でつくられた家だった。三角屋根のすっきりとした平屋で、モルタルの床のあちこちに絵の具の色が散らばっていた。広間にはゆふさんの描いた植物の絵が、食器棚には手捻りの陶器が並んでいた。どの器も器らしくない形をしている。

ゆふさんは料理の下ごしらえをしていた。脇の机の上に、その日の献立を描いた一枚の鉛筆画があった。ブリの子イナダとカツオの刺身、潮汁、昆布としいたけと人参のさっぱり煮、かぶりつきのきゅうりとトマト、それにデザートのバナナケーキ。

「玲奈ちゃん、色塗ってくれる?」

ゆふさんに頼まれて、玲奈さんが傍らの色鉛筆に飛びついた。カツオはカツオらしく、バナナはバナナらしくなっていった。

「まだ昼までには時間があるから、海に行こう」

とゆふさんが言った。

私たちは家を出て、目の前に広がる砂浜に下りていった。薄曇りで、少し風があって、真夏の週末なのにひとけがなかった。今朝の天気予報で静岡は終日大雨だと言っていたから、そのせいかもしれない。実際、波津に着くまでは結構な雨が降っていた。

「誰かが遊びに来てくれたときは、いつも天気が持ちなおすんだよね」

濃い紫の、綿のワンピースを着たゆふさんが先陣を切って歩いていく。途中で玲奈さんが追い越して、波打ち際まで駆けていった。しゃがんで砂浜を掘り返し、また走って戻ってきた。広げた手のひらに楕円の石がのっていた。

海は鉛色でざわめいている。足元の砂は白い。ひるがえる鳥の腹も白い。

太郎さんと乃木浦さんはうちあげられた丸太の流木に座って何やら話を始めた。玲奈さんはサヨリさんと一緒に丸石を探している。ライ美と私はゆふさんと並んで、遠くの水門に向かって歩いた。

どういうわけか、夢の話になった。ゆふさんと会うのはこの日が初めて。それで最初の会話が夢の話だった。

「夢の話はいいよね。夢の話は退屈でつまらないという人もいるね。私は好きだし、おもしろい」

ライ美も私も、あとできいたら他のみんなも、夢の話が好きだった。なんだかほっとして、力んだ手足が軽くなった。正直なところ朝から少し緊張していた。乃木浦さんに誘われてゆふさんの家を訪れることになったのだが、彼とライ美のほかは初めて会う人ばかりだった。

ゆふさんは海水に足をひたした。かえす波が、足のふちの砂をけずりとっていた。

「水の夢をよく見る。何日も連続で見ることもあるよ。気持ちがよどんでいるときは、夢で見る水もにごってる。足を水にひたしてるんだけど、にごっていて、足先がぜんぜん見えない。それが日をかさねるごとに、だんだん透き通っていく」

彼女は海の方に目をやって、浜から三十メートルほどの沖合に積んであるテトラポットの防波堤を指差した。

「まず水門のところから右端のテトラポットまで泳いでいく。テトラポットがいくつかのかたまりに、島みたいにして積んであるでしょう？　そのあいだをね、泳いで渡る。引き潮が強くて、ちょっとあぶない。左端まで泳いで折り返す。泳ぎきるのに二時間くらいかかる。それを毎日、往復してた。でも去年、よその土地から来た人がここで流されて。もう泳いじゃだめってことになった」

そのとき、左耳のすぐ近くでバサッと羽音がした。鳥が目の前を横切っていった。

「近かったね、いま」

とライ美が言った。

浜には鳥が多かった。海面にも、ずいぶん遠くの岩場のところにも、たくさんの鳥が胡麻塩をまぶしたかのように散らばっていた。

しばらく散歩したあと、家に戻ってお昼を頂いた。床に広げた敷物の上にゆふさんお手製の料理が並んだ。使い込まれた藍染の敷物には縦縞と水玉の生地がパッチワークされている。船底風の大皿にカツオの叩きや瑞々しいキュウリ。大鉢に盛られた昆布と人参の煮物からゆらりと湯気が立ち昇っていた。私たちは遊牧民の家族のように、料理を囲ってあぐらをかいた。器はどれも分厚くてたくましかった。

ゆふさんは左手で箸を握っていた。

「左ききですか?」

「そうなんだけど、なおされて中途半端。もともとは左ききだった。小学六年生の頃、黒板に左手で書いたら先生に注意されてショックだった。母親がなおそうとしてね、文字を書くのだけは右手に変えられた。そうすると脳がおかしくなって、言葉がさかしまになってしまった。何か言おうとすると、言葉の始めの文字と終わりの文字が入れ替わってしまう。そのうちにどちらが右か左かわからなくなってきた。右はこっち側、左はこっち側っていう感覚がどこかにいっちゃった。ある日、道を歩いていて、知らないおじさんから話しかけられた。すみません、助けてください。ぼくは道を左に曲がりたいのに、どうしても右にしか曲がれないのです。どうしたらいいですか？　そう訊いてきたおじさんは、もしかしたら自分の右手だったのかもしれない。そのうちに言葉のさかしまはなおったし、右と左もわかるようになった。ただ、いまでも不思議な人たちからやたらと声をかけられる。あなたもそうでしょう？」

彼女はそう言って私を見た。

私は道をたずねたおじさんのことを考えていた。そのおじさんはゆふさんの右手だったのか、それとも左手だったのか。

サヨリさんは同じ夢を何度も見るらしかった。

「家に帰って玄関の扉を開くと、部屋の中が工事中なわけ。部屋の工事っていうよりは工事現場で、ショベルカーも入って床をほじくり返してる。その夢をくり返し、何度も見てた。それがこのあいだ、ある美術館でね。夢とまったく同じ、扉を開いた向こうに工事現場が広がってる絵を見つけてしまって。もうね、びっくりよ」

私だったらきっと不安になっていたが、サヨリさん自身はただびっくりしているだけのようだった。それなら別に、心配する必要はないのかもしれない。

太郎さんがコンパクトカメラを取り出して、バナナケーキをパチリと撮った。

「それフィルムカメラですか？」

「そうですね、フィルムカメラです」

太郎さんは夢の話をしない。

ゆふさんに夢分析やフロイトのことをたずねられた。私はフロイトについてよく知らなかった。ユングのことも訊かれたが、これも正直、ほとんど知らない。それでもいくつか知ったかぶりして話していたら、太郎さんと乃木浦さんとライ美がごろんと横になって昼寝を始めた。

「私はユング派！」

とゆふさんが言った。

ライ美がむくっと起き上がって、

「私もユング派！」

と言った。

「同じね」

とゆふさん。ライ美は夢の中に戻っていった。

私は壁の絵を見上げた。ソファのうしろに一対の組み絵がかけられていた。濃い緑色の肉厚な葉っぱの絵が、左右から私たちを見下ろしている。

「前は海を泳いでいたんだけど、いまはトランポリン」

とゆふさんが言った。

「家の中でものをつくる暮らしを続けていて、煮詰まったら海に出る。そのために海を泳いでいたのに、もう泳げなくなっちゃって。海の反対側には山もあるけど、山はダメだった。だからトランポリン。毎週月曜日はトランポリン教室。最初の頃はからだじゅうが筋肉痛になってた。トランポリンは泳ぐのと同じくらいスッキリするよ」

玲奈さんが首をかしげる。

「なんで山はダメなん？」

「山に行くと、自分の中に入っていく感じがして。でもね、靴履くといいのよ」

「ん、どゆこと？」

と玲奈さん。

乃木浦さんから前に聞いたことがあった。ゆふさんは普段、裸足で暮らしている。街に買い物に出るときも、アスファルトの上をぺたぺた裸足で歩いていくらしい。カップを手にしてお茶を飲んだ。ゆふさんのティーカップはクスノキの根っこみたいで、持つというよりはつかむようにして使う。靴を履いていれば山の中でも自分の中に入らずに済む。その感覚を思い描いた。

「玲奈もおんなじ夢、何回も見るよ」

玲奈さんはそう言って太郎さんの腕をさすった。

「ねえ、あの夢の話、してもいい？」

太郎さんは寝ぼけながらも、

「あれはダメやな」

ときっぱり言った。

「グロいから」

玲奈さんは話を途中でやめてしまった。

玲奈さんの絵は乃木浦さんのギャラリーで一度見たことがあった。彼女の描く絵は苔むしているというか、茶色と深緑で、目の奥にずしんと残った。

「なんか子供の頃みたい」

とサヨリさんが言った。

玲奈さんは「こうやってみんなで過ごすの、すっごい憧れてた」と言った。

「子供の頃、あんまり仲間に入れてもらえんかったから。みんな遊んでてな、玲奈も入れてって言ったら、玲奈ちゃんはダメーって言われて、なんで玲奈だけダメなん?って」

ゆふさんが頷いた。

「私も仲間外れにされてた。意地悪な子がいて、いまでもその子の名前、覚えてる」

「そんな昔のこと、よく覚えてるね」

と乃木浦さんは感心していた。

それから皆でまた海辺に行った。少し晴れ間も出ていた。「今年は一度も泳いでないなあ」とライ美が言うと、玲奈さんが太郎さんを指差して「太郎さんは毎日泳いでるよ」と言った。太郎さんと玲奈さんは三重県中部の多気町に住んでいる。田畑に囲まれた二人の家に近所のおじさんが毎日来て「川に行こう」と太郎さんを誘うらしい。おじさんが見つけてきた、誰も知らない秘密の川辺に。太郎さんは午後のあいだ、川につかって過ごしている。

「そのブローチ、素敵ね」

とゆふさんが玲奈さんの胸元を指差した。

玲奈さんは半袖の黒いシャツに手作りのブローチをつけていた。満月のような丸顔のデザインのブローチだった。

「ありがとう。これ好き？　あげる！」

とブローチを外して差し出した。

「悪いからもらえないよ」

「またつくるから大丈夫」

しばらく押したり引いたりしたあと、結局ゆふさんはブローチを受け取った。

ライ美は波打ち際にしゃがんで泥だんごをつくり始めた。手のひらでこね回して、きれいな球体に仕上げていった。

「まん丸になったねえ」

とゆふさんが驚いている。

ライ美はできあがった泥だんごを手のひらにのせた。

「幼稚園のころ、砂場で泥だんごをひたすらつくり続けてた。つくった泥だんごは裏手にある森の木の陰にこっそり並べた。他の子が教室に戻っても私だけは砂場に残って。先生が私のお母さんに電話で伝えたら、お母さんは、好きにやらせといてくださいって答えたんだって。みんなが部屋で何かやっているあいだもずっとつくってた。砂場の砂がなくなるくらいに。まん丸にするのは結構大変で、いかに丸くつくるか、それに命をかけてた。どうしてそんなに夢中だったのかは自分でもよくわからないんだけど」

ゆふさんは泥だんごをしばらくながめて、

「これ持って帰ったら？」

と言った。

私たちはレンタカーで来ていた。車が汚れてしまうのを心配した私は、受け取った泥だんごを路肩のブロックの上にそっと置いた。ライ美は少し寂しそうな顔をしていた。ゆふさんも「あら置いていっちゃうの？」と残念がった。

「お土産に好きなの持って帰って」

玄関わきの棚の上にゆふさんがつくった陶器の皿やティーカップ、一輪挿しなんかが置いてあった。みんな一つずつ選んでいった。中にドーナツの形をした置物があった。白に黒のぶちがついている。

「これいい！」

玲奈さんとライ美は同じものを気に入ったようで、どうぞどうぞと譲りあった。しばらく押したり引いたりしたあと、結局ライ美がドーナツを受け取った。

ゆふさんは家の前で手を振って見送ってくれた。バックミラーに映るゆふさんは、やっぱり裸足のままだった。

玲奈さんと太郎さんは田んぼの中の家に帰っていった。

乃木浦さんとサヨリさん、ライ美と私は静岡駅前まで行ってレンタカーを返却し、シティーホテルに一泊した。ホテルは真新しく、つるんとしていて清潔だった。同じつくりの書き割りのような部屋が各階に何十と並んでいた。そういう部屋の方が落ち着ける日も確かにあって、その晩はまさにそんな感じだった。

この小旅行に誘ってくれたのは乃木浦さんで、スケジュールの管理からレンタカーの手配まで、何でも全部やってくれた。乃木浦さんといると皆は退行して幼くなってしまう。ときどき振り返るとみんなのうしろに立っていて、口を半開きにして笑っていた。何をきいても「いいですよぉ」とうなずいてくれる。

「明日の朝は遅めでいいですか？」

「いいですよぉ」

そうして次の日の正午前、電車を乗り継いで田京駅に向かった。渡辺さんが駅まで軽自動車で迎えに来てくれた。家は田中山の山頂付近にあった。着いたらちょうどお昼どきで、渡辺さんの奥さんが煮物やらおひたしやら、にぎやかな料理を用意してくれていた。食卓に並ぶ皿は渡辺さんがつくったものもあれば、そうでないものもあった。

小さい娘さんが二人と、お弟子さんがひとりいた。お弟子さんの女性は三十歳だったが、渡辺さんの娘さんたちと姉妹のようにも見えた。二年前のある日、彼女が突然、家をたずねて来て「弟子入りしたい」と言い出した。渡辺さんは「うちに来ても生活は成り立たないよ」と言って断った。それでも泣いてねばるものだから、仕方なく弟子入りを許すことにしたらしい。お弟子さんは山のふもとに住んでいて、毎日車で通っている。

昼食のあと、みんなで裏庭に下りていった。

サヨリさんが「うそ！」と叫んだ。

「ライ美ちゃん、ほら」

サヨリさんが指差す先を見て、ライ美も「あっ」と声をあげた。

隅の方に直径二十センチほどの泥だんごが無数に並べて置いてあった。濃い茶色や薄い茶色、赤や青や黄色の泥だんごがそれぞれ二つずつ。

「これから焼くんです」

と渡辺さんが言った。

「焼き物を手にして、これはいい器だとか、これは良くないとか、価値を判断するでしょう？　その器が使いやすいか、強度はどうか、それを見極めて評価する。焼くにしても、この土は焼き物に向いているとか向いてないとか言って土を選ぶ。向いているかどうかというのは、例えば、ちゃんと成形した通りに焼きあがるか。焼いたときに穴が空いてしまわないか。そういう基準にどれだけ合致するかということ。でも、その良い悪いってなんだろうって思って。だからいろんな土で焼き物をつくることにしました。伊豆半島のいたるところで土を掘ってきました。全部で百箇所。場所によって土はぜんぜん違う。赤い土、黄色い土、黒い土、白い土、青い土。いろんな土があった。それをまん丸の形にしました。一つの場所の土から泥だんごを二つずつ。一つは焼かずにそのままで。一つは焼きます。これから焼くところです。まん丸の焼き物は、使いやすいかどうかは関係ない。そもそも使い道がない。焼きあがったら、たぶん土によってはひしゃげたり、割れたりする。それもそのままでいい」

それから庭の奥に歩いていった。そこには一・五メートルくらいの深さの、すり鉢状のくぼみがあった。くぼみの底の土が黒く焦げついている。

「あるとき、ここに生えていた木を根っこから掘り返したんです。窯で使う薪をつくるために。そうすると地面にくぼみができる。引っこ抜いた木を薪にして、くぼみに投げ入れて火をつけた。くぼみの底の土を焼いたんです。いまのところ、これがたぶん一番の焼き物かなあ。こっちも使い道ないんですけど」

くぼみのふちに立ってもう一度底を見下ろした。渡辺さんの一番の焼き物は、地面にべったりくっついていた。というより地球の一部が焼き物になっていた。

渡辺さんは仕事が立て込んでいて午後は時間がないと言っていたのに、車で半時間のところにある清水町の柿田川公園まで自ら運転して連れていってくれた。公園には底が砂地の大きな池があって、あちこちから水が湧き出ていた。水量が尋常ではなかった。この水源から突然、幅五十メートルの柿田川が始まる。上流は無い。

水辺に木製の遊歩道がめぐらせてあった。澄んだ水の流れとふさふさの葦。呼吸を深くしてゆっくり歩いた。以前は湧き水の池も川も、ゴミだらけで汚れていたらしい。湧き水の価値に気づいた市民の手で、水辺は美しさを取り戻した。水は透明で何の色もない。何の色もないのに、真っ青だった。湧き水から生まれた川はゆったりとして、角張ったところが一つもなかった。

渡辺さんはサヨリさんに湧き水がどこから来ているかを話していた。サヨリさんはウン、ウンとうなずいていたが、話の途中で唐突に、

「最初から思ってたんですけど、渡辺さんと私、顔がそっくりですよね？」

と言った。

渡辺さんも、

「僕もずっとそう思ってたんですよ！」

と興奮気味に言った。

よく見てみたら、確かに双子みたいにそっくりだった。ライ美も乃木浦さんも「ほんとだ！」と言って笑っている。

「姉ちゃんがいるんですけど、サヨリさんと姉ちゃんはうり二つなんです」

前に人から聞いたことがある。ドッペルゲンガーに出会ってしまったら、その瞬間に二人とも爆発してしまうらしい。例えば横断歩道で信号待ちしていて、道路の向こうにもう一人の自分が立っている。目が合った途端、自分もドッペルゲンガーも瞬時に爆発する。でも似ている人ならその心配はない。むしろ縁起が良いような気もした。

渡辺さんは結局夕方までつきあってくれて、そのうえ駅まで送ってくれた。帰りの電車の中で不意に泥だんごのことを思い出した。あれは持って帰るべきだったと、結構長く後悔していた。

立方体

ライ美と乃木浦さんにお供して、京橋にある椿という名の画廊を訪れた。そこで小林さんの個展が催されていた。乃木浦さんが声をかけると、隅の椅子に座っていた小林さんがふらふらと立ち上がった。夏なのに柿色のジャンパーを羽織っている。

右の壁には透き通ったおたまじゃくしのような作品が十点あまり、一定の間隔で並んでいた。小林さんは自分で樹脂を調合して透明の素材をつくり、それをひし形や卵型、そのほか何ともいえない形の立体にして石板に貼りつけていた。透明の立体はどこか違う星から来た物質のようにも見えた。

「透明が好きなんです」

と小林さんが言った。

「すごく透明ですね」

「そうですね、それと青です」

奥の壁にはアクリル加工された写真が展示してあった。古いカメラのボディに自作のレンズをつけて撮影した木や地面や花の写真で、それらは現実を写しているのに、たぶん現実でないものを写していた。

ライ美は写真を見て「かわいい」と言った。

私は少し、怖いと思った。

「十字架が、好きなんでしたか？」

と小林さんがライ美の胸元を指差した。

ライ美は十字架のネックレスを指でつまんだ。

「別にクリスチャンじゃないんですけど、クロスの形が好きなだけなんです。縦と横が交わってきれいだから」

それから十字を親指と人差し指で何度かこすった。

左の壁には木の板に描かれた大判の油絵が掛けられていた。のどかな丘陵の風景。ただし正面の山の上には巨大な立方体がのっていた。立方体はあまりにも大きい。山自体と同じくらいに見える。

「夢に見たんです」

と小林さんが言った。

「丘を歩いていたら山の上にあの真っ白な立方体があるのに気づいて。それで山を登ることにしたんです。でも山頂までは遠くて、寝ている間にはたどり着けなかった」

絵を眺めていると、どういうわけか気持ちが落ち着かなくなってきた。

小林さんが私の顔を見て、

「やっぱりこれは、あなたの夢じゃなかったですかね？」

と言った。

「これは小林さんが見た夢で、私の夢ではないです」

キィとドアが開いて、五十歳くらいの男の人が入ってきた。古びた、茶色の革のバッグを斜めにかけていた。彼は入り口のすぐ横の展示台の前に立った。展示台には五センチくらいの土器のかけらのようなものが並べてあった。説明文によればこれらはすべて、ある土地で発掘された太古の文明の土器だった。土器の発掘に関わった人間はその後、精神の変調をきたしてしまう。

壁に貼りつけてある説明文はほとんど短編小説のような長さになっていた。土器のかけらがどのようにして発見されたか、それらが人の精神にどんな影響を及ぼしたかが、ことこまかに記されていた。

茶色い革バッグの男の人が首を傾げながらたずねた。

「ここに書いてあるのは本当のことですか？　つくり話ですよね？」

小林さんは、

「この世界では本当のことです」

と答えた。

「この世界というのは、架空の世界ということですよね？」

「この世界というのは、私たちの世界のことです」

「じゃあこれは本物なんですか？」

「そうですね」

「……っていう設定の作品、ということですよね？」

「私たちの住むこの世界は、あらかじめ設定されていますから」

「わからないです。つまり、実際に地面から掘り出したものなんですか？」

「掘り出しましたね。この世界の地面から」

「あー、わかりました。つまり、つくり話ですね」

と革バッグの男は笑って言った。

「つくり話ではないですよ」

小林さんは別に笑ってはいなかった。

男は謎解きを終えたかのような顔をして、満足気に微笑んでいた。他の写真や絵をじっくり観てまわり、最後に会釈して出ていった。

家に帰って風呂に浸かったあと、布団に入って天井を見上げた。ライ美はあっという間に寝入ってしまった。暗闇のなかで瞬きしていると、じがじがとしたヒトデのような、あるいは等高線地図のような模様が浮かびあがってきた。しばらく点滅するヒトデを見つめていた。そのうちにだんだん視界が明るくなってきた。雲のあいだから陽の光が射していて、目の前に続く丘の道は緩やかに湾曲していた。その先にごつごつした岩山がそびえ立っている。見上げると山の上に、半透明の、白い巨大な立方体が見えた。私は山頂にむかって歩いていった。砂利道で、足の裏に刺激を感じた。靴を履くのを忘れていた。

梅干

ゆふさんの家とは反対方向、千葉のいすみ市にある浜名さんの家に向かって車を走らせていた。空は曇りというには光が強く、晴れというには青みが薄かった。前日までは台風で、それが朝から止んでいた。瓦を飛ばされて、青いブルーシートを屋根にかけた家がときどき目に入った。眠気を誘うまっすぐな海岸沿いの道を、どうにかこらえて走っていった。ライ美は助手席で眠っていた。幹線から小道に降りて、辺りを見渡しながらゆっくり進んでいると、後部座席の乃木浦さんが「あー、ここです」と奥の家を指差した。

浜名さんは海に面した二階建ての家に住んでいた。海は思ったよりもずっと近い。ごつごつした磯の海で、岩場まではゆるやかな原っぱの斜面が続いている。潮風が斜面の草をなぎ倒し、繁みの木々を背面跳びの形に反り返らせていた。

「風が強いですね」

浜名さんはきょとんとした顔で、

「そう？」

と言った。

台風あけだったが、ここではこれくらいの風は普通なのかもしれなかった。

一階には作陶に使う土や道具が置いてあった。二階の広間にダイニングテーブル。椅子にかけて振り返ると、窓の外に白波の混じったうねりが見えた。ガラスの引き戸の向こうにウッドデッキがあって、そこに浜名さんの壺が並んでいた。抱えても腕がまわらないくらいの大きな壺だった。それらは物干し台の洗濯物のように、日の光と吹き上げる風にさらされていた。

浜名さんは梅干しもつくっている。ウッドデッキにゴザを広げ、梅の実を敷き詰めて天日干しにしていた。浜名さんと雪子さんが昼食を用意してくれた。テーブルの上に梅干しがあった。その脇には手製のアンチョビも。浜名さんは朝早く網を投げ、イワシを獲ってアンチョビにする。山間部に田んぼを持っていて、米をつくってもいる。そしてここで、壺をつくっている。食後にウッドデッキに出て壺を眺めた。壺には四角や丸が、あるいはそうでない模様が絵付けしてあった。文字が書かれているものもあった。

「壺は一階で?」

と乃木浦さんが尋ねた。

「いや二階でつくってますよ」

と浜名さんが答えた。

「このサイズ、階段通ります?」

「それが通らなかったことがあって、階段の壁を削ったんです」

「手で抱えて運ぶんですか?」

「そう。でも結局壺がひっかかって、階段の踊り場のところで落としてしまって。もう粉々に。それで泣いていたら、雪子がばらばらの破片をひろって、金継ぎでくっつけて壺の形に戻したんです」

雪子さんはパズル合わせをして、三ヶ月かけて復元した。金継ぎの壺の中をのぞくと、内側に細かく入り組んだ格子の模様が広がっていた。

「泣いてたから」

と雪子さんが言った。

浜名さんはその後も何度か割っている。すると雪子さんが破片をひろって壺に戻した。

欠けた部分は他の何かで補ってある。口の一部が欠けて、毛皮があてがわれている壺があった。それは近くの山で仕留められた、テンの毛皮だった。

雪子さんはぶかぶかのジーンズをはいていた。

「玄米食べてたら、やせちゃって」

ウッドデッキでしばらく壺を眺めていると、外の道を散歩する雪子さんの姿が見えた。途中で道の脇の、何かの実をつまんで取った。雪子さんは視線に気づいてウッドデッキを見上げた。

「これ美味しいの」

そう言って実を口に放り込んだ。

「どうして一階でつくらないんですか？」

と乃木浦さん。

浜名さんは「いやあ」と間を置いて答えた。

「なんとなく二階でつくりはじめてしまって、大きくなっていって、簡単には出せなくなるんです」

近頃はウッドデッキから吊るして上げ下げしているらしい。壺は変わらず大きい。そして変わらず二階でつくられている。

ウッドデッキは支える脚も木製で、その脚が少々華奢に見えた。デッキは二階部分について
いている。地面からは結構な高さがあって、正直なところ崩れやしないかと心配になった。浜名さんの壺は全体の大きさに比べて底が小さい。壺も倒れやしないか不安になる。本人はまるで気にしていないようだった。

浜名さんは壺に描いた絵柄の線を指でたどりながら、

「最近はたくさんつくっているから、この絵柄が、自分じゃないんじゃないかと思って。大丈夫ですかね？」

と、乃木浦さんに訊いた。

乃木浦さんは、

「大丈夫ですよ」

と答えた。

「なんか、見せてやろうというのがあるんじゃないかと疑わしくなってきて。嘘なんじゃないかと思って」

「いや、そんなことないですって。大丈夫です」

「だったら、いいんですけど」

それで少し安心したようだった。

浜名さんは健康のために、梅干しを一日に三つ食べている。私も最後に三つ頂くことにした。

帰り際、ライ美は玄関に置かれていた一際大きな壺の前で立ち止まった。

「壺が完成したとき、抱きつきます?」

とライ美が訊いた。

「抱きつきます」

と浜名さんは答えた。

「抱きついていいですか?」

「いいですよ」

ライ美はしゃがんで壺を抱きしめた。

家の外にも壺がいくつか置いてあった。草むらの上で、中に雨水が溜まっていたり、逆さに置かれて土にまみれていたりした。

浜名さんはそれを「育ってる」と言った。

言われてみれば、確かにどの壺もよく育っていた。

帰りの車でもライ美は眠っていた。

乃木浦さんを降ろしたところで目を覚まして、

「また行きたいね」

と言った。

それから夢の話をした。ゆふさんの家に行って以来、ライ美は目を覚ますとどんな夢を見たか、私に伝えるようになっていた。彼女は夢の中で「女バージョンの乃木浦さん」に会っていた。女バージョンの乃木浦さんに「家族で食べてね」と何かお土産をもらっていた。それを一人で全部食べてしまった。ライ美は女バージョンの乃木浦さんにこっぴどく叱られる。実際の、つまり男バージョンの乃木浦さんはそんなことで怒ったりはしない。だから女バージョンの乃木浦さんが本物の乃木浦さんかどうか、本当のところはわからなかった。

いわくら

玄関先の地面に広げた古新聞の上に土器がたくさん並べてあった。熊谷さんはフェンスの前の洗い場で、できたばかりの土器の茶碗を水洗いしていた。

「あっちのやつはそのまんまの土器で、これは表面を石でガリガリ磨いてる。昔はピカピカになるまで磨いてたんだけど、それもなんだかなあと思って。僕が参考にしたのは平安とか。奈良、平安くらいはこれくらいの荒さ。その頃の人たち、たぶん磨くのがめんどくさくなって、雑になっちゃってる。その感じがいいかなと」

ライ美と乃木浦さんは迷いなく選んでいく。

皆で器を梱包して、段ボールに入れて車の後ろに積み込んだ。それから居間にお邪魔して、熊谷さんの奥さんが淹れてくれた野草茶を頂いた。山梨県上野原市の山あいにある熊谷さんの家は年季の入った日本家屋で、八畳の居間の真ん中に使い込まれたちゃぶ台があった。私たちはちゃぶ台を囲って座った。手前の飾り棚には民芸品や小物がところせましと並んでいる。

「縄文土器って、割れた状態で見つかる。あれは古いからぼろぼろになって割れたわけじゃなくて、当時の人が割って、それから埋めてる。たまに土器の中に人の骨が残ってる。復元してみると、鍋にも使ってた形跡がある。貯蔵もしてた。全部の、器の象徴みたいなものので。だからこの縄文の装飾は邪魔なんだけど、最後は墓になるから。誰か亡くなったら使っていた鍋を墓に使う。一部をスパーンと切って、そこから魂みたいなのが出てくるってことなんだろうと思うけど。そういう精神性が残っていての、マイ茶碗。謎の文化なんす。でなければこんなのただの道具なんだと。使うのは全員一緒でいいし。外国みたいに揃いの方が便利だし。それがいまだにね、これ愛着系ですよ。だから割れてよかったんです。僕はずっと土器のコンプレックスで、壊れやすいのがデメリットだと思ってた。でも割れるって、元に戻ること。これって生活の痕跡ですから。なるべく同じ状態を維持したいというのとは真逆の考え方です」

熊谷さんはふすまの前に腰掛けて、キセルに細刻みの葉をつめて火をつけた。煙は揺らめきながら天井に向かい、鴨居のあたりで姿を消した。

「そういえば僕が惹かれるものも、古いもの、謎の汚い器とか。そういう中断できるものがいい。美大に入って、僕は陶芸科だったんですけどね、やってることはデザインだった。プロダクト的な。そういうのじゃないのに。古いのがいいと思って、そしたら縄文までさかのぼっちゃって」

奥の棚には無数の土器が飾られている。どれも本物の縄文式土器で、他には矢尻や勾玉、木彫りなど、雑多なものが並んでいた。熊谷さんは火焔式土器を手にとって「はい」と私に手渡した。縄の文様の文化は弥生時代に失われる。

「弥生系は朝鮮半島からの渡来人で、その人たちにとってかわられたと。戦後の考古学ではそうなんすけど、どうも違うんじゃないかと。争いの形跡がほとんどない。DNAを調べてみたら、子孫があわさってるらしいんですよね。滅ぼされた、みたいなことは日本では起きなかったんじゃないか。じゃあなんで縄文がなくなったのか。火焔式土器は中期くらいで、末期は模様が薄くなる。そこに二千年の開きがある。単に縄文も落ち着いてきた、ということなのかも」

ライ美が「私の説なんですけど」と言って自論を説いた。

「縄文は男性がつくってたんじゃないですか？　それが弥生になったら、女性がつくるようになった。縄文土器はこれでもかってくらいに装飾的。権威的っていうか。農耕はまだはじまってなくて、狩りをやってたから本当はこんなのつくってる場合じゃないんだけど。もし狩りから帰ってきて女性があんなのつくってたら、お前何やってんだ、って怒られるだろうから」

熊谷さんはキセルに葉を詰め直して「それは面白い」と言った。

「通説とは真逆です。縄文はもともと女系社会。女性がシャーマン的だったし。縄文時代ってめちゃくちゃ長い。弥生時代が七、八百年、その前の縄文は一万四千年くらい続いてた。それだけ長いのはつまり男性ではないだろうと。虫の世界と一緒。虫、それに鳥とかの社会構造を考えるときは変わらないことを前提にするけど、人間は変わることが前提になってる。だからね、縄文時代は全然別物だったんですよ。弥生土器の技術的な変化でいうと、僕が思ってる縄文と弥生の違いは形っていうよりもつくり方で、まず時間の掛け方が違う。つくることの思い入れが縄文の頃にあったとすると弥生はいまと変わらない。仕事っぽくて、使うもの、用途のための器としてつくってる。縄文の方が、気配がね」

熊谷さんは十センチ四方の土の板を棚から取って机に置いた。

「これがうちの家宝。土版。遺跡が一箇所見つかって、そこを発掘すると土器が一千個くらい出てくる。土偶が百個くらい出てきて、この土版というやつは一個しか出てこない。呪術とかに使ってたらしい。表と裏と、両面に模様がある。縄文土器には文字が入らない。これが唯一、文字なんじゃないかと。この真ん中のところ。象形文字。僕は鳥と蛇だと思ってる。裏の模様はさっぱりわからない。ケルトっぽいというか。ケルトも縄文じゃないですか。あの時代、巨石の文化でつながってる」

「宇宙ですね」

「ライ美さん、そっちですか」

「宇宙人の入植説が有力ですよね」

「なるほどそっちですねえ。縄文人と宇宙人のかかわりは、そりゃありますす。僕は宇宙人というよりは、もともと地球の古代文明、いまよりもっと高度な古代文明があって、それが消滅してはまた起こっての繰り返しになってる説、ですね。いまはその五代目くらいで。洪水の頃なんすよ、縄文が始まったの。ノアの方舟の話とか、あれも歴史的にはそれくらいなんじゃないかと。日本だと縄文だったわけで。僕の中では前の文化のことを知ってた人たち、それが縄文人だった。宇宙といえばですね、このあいだついにＵＦＯを捉えたんですよ」

熊谷さんは携帯電話を取り出して、大きな岩の写真を表示させた。

「縄文のことを調べてたら、巨石の文化の方が古いことを知った。巨石から始まってるんですよ。こういう巨石って地質学的にはただの自然現象で、浸食されてできたことになってるけど、僕は絶対、人工物だと思ってる。日本に残るいろんな巨石を知り合いのカメラマンと一緒に見にいってるんです。これは中津川市にある星ヶ見岩。いわくらというやつで、中に入っていける。古代の人はでかい岩と岩のあいだに入ってそこから星を見てたんです」

今度は画面を右に流していく。

「いわくらの内部。前にここでUFOを見たってそのカメラマンの彼が言うから、今度は二人で行って、なんか見れるかと思って待ってたんです。でも全然出てこなくて。半ばあきらめかけた朝方に出てきた。結構、動いてたんです。それから突然、消えるんす。出たときは絶対撮るって自分に言い聞かせてたんで。あとで見直したら、二人とも小声で喋ってる。向こうから見られてると思ってた」

そう言って動画を再生した。朝焼けの空に黄色い光が一つ。「来た、来た」とささやきあう声。光は不規則に移動して、次の瞬間、消えてなくなった。

「星ヶ見岩はもしかしたらＵＦＯとの交信のための場所だったのかもしれない。あとね、このあいだもう一箇所行ってきたんです。紅岩。もう完全にいわくらなんです。そもそも紅岩のある山が本当はピラミッドなんすよ。これがその映像。彼、ドローン持ってるんで」

ライ美と乃木浦さんが同時に「あっ」と声をあげた。

低山の山腹にその名の通り、赤みがかった巨石が見える。上昇したドローンが遠景を映し出すと、森の中に一定の間隔をおいて巨石が三つ、一直線上に並んでいた。

「山は高さ２００メートルくらい。それがまたピラミッドくさいサイズ感で。いわくら、こんなにまっすぐ並んでる。ちゃんと配置を考えてたっぽいんすよね」

棚には土器の他に、いくつか石が置いてあった。熊谷さんにことわって円柱状の石を触らせてもらった。

「人工物ですね」

熊谷さんは興奮気味に、

「わかりますか？」

と声をあげた。

「これ、拾ったんす。自然物のように見えて人工物だなっていうの、わかっちゃうんで。

いわくら

僕は人の気配のあるのがいいんです」

落ちた卵

ライ美は朝方というかほとんど深夜に寝返りをうち、突然目を開けて私の腕をつかんだ。彼女は「意味がわからない夢を見た」と言い、その不可解な夢の内容を微に入り細に入り語ったのだった。

ライ美はとある東欧の国に入国しなければならなかった。その国の入国審査では草原で卵をひろってパスポートと共に入国審査官に提出するきまりになっていた。多くの人が草原で卵を探していた。ライ美もどうにか卵を見つけて審査の列の最後尾に並んだ。

前を見ると高さ二十メートルほどの手すりの無い階段が続いている。列は階段の上の方まで続いていた。やがて列が進み、ライ美は恐る恐る階段を登っていった。

前の人が振り返って、

「落ちた卵っていう制度なのよ」

と教えてくれた。

「これは儀式で、審査には影響しないんだけど」

そう言って自分の卵を見せてくれた。模様はウズラだが、ダチョウの卵くらい大きかった。彼女は首に巻いていた青いマフラーの端で卵をそっとみがきあげた。こんなに高いところに立っているのに、まるで平気な顔をしていた。

ようやく頂上に達すると、そこに入国審査のカウンターがあった。ローマ教皇みたいな風貌の審査官に卵を渡す。彼はなぜか、ニヤリと笑った。脇に置いてあった秤に卵をのせて、そのあとメモ用紙に何か書いた。パスポートと一緒に手渡されたそのメモには177と数字が書き込まれていた。

審査官の頭上に金色の文字盤が掲げられていた。空は曇っていたものの、光を受けて眩しく輝いていた。時計に似ているが時計ではなかった。文字盤には矢印が付いていて、矢の先が天を向いている。ライ美はしばらく見とれていた。

先に審査を終えていた青いマフラーの人が自分のメモを見せてくれた。彼女の番号は172。

「卵の重さから特別な計算をして、出てきた数の番号をもらうことになってる。これも儀式でもらうだけだから、別に大した意味はないよ」

と彼女は言った。

私は177という数字について、それに落ちた卵や金色の文字盤について、何か意味が見出せやしないかと思いを巡らせていた。そうしているうちにライ美は再び眠りに落ちていった。翌朝、夢の続きがどうなったのかを尋ねてみた。残念ながら、彼女はまったく別の夢を見ていた。

接ぎ木

窓の外には水田が広がっている。その向こうに川が流れ、小高くなって木立が連なる。緑色、茶色、黄色、それらの濃淡以外の余分な色は一切視界に入らない。

「初めてイタリアに行ったのはいまから十年前、高校二年の夏休みです。手仕事と芸術が見たいと思って。一ヶ月間、フィレンツェや北部の街をまわって全部で二十箇所くらい、いろんな手仕事の現場を見させてもらったんです。まず革ですね、靴だったり鞄だったり、鉄、木工、あとは紙とか。最後に訪れたのがワイナリーだった。バローロっていう地方でワイナリーをしているテスさんが、来てみないかって招いてくれました。僕がワインの世界に足を踏み入れたのは、テスさんが誘ってくれたからです。そうじゃなかったら、ワインとの繋がりも違ったものになっていたと思います。イタリアのお父さん、といった存在です。テスさんのワイナリーが最高で。すごい景色だった。丘の上にどこまでも葡萄畑が広がっていました。働いてる人も素敵だった。生活と仕事が一つの枠の中にある。線でせめぎあって取りあったりしてない。誰かのためにつくって全てが捧げられるんじゃなくて、自分も生産したものを使いながら生きてる。それって、考えると益子で焼き物をしてる人とよく似ていました。みんな自分のつくった器で食べてるから。それに気づくのはずっとあとなんですが。テスさんは他のワイナリーも案内してくれました。そこでつくってる人が情熱的で、いろんなことを喋ってくれるんです。テスさんが通訳をしてくださったんですけど、どんどん言葉が出てくるから全然追いつかない。でもイタリア人、もう前のめりになって何か伝えようとしてくれて。この言葉が直接わかるようになりたいと思った」

「最初、言い出したときはびっくりしたけどね。父ちゃん、僕、夏休みはフィレンツェらしいよって」

「夏休みにイタリアに行くことになったのは、吉谷さんって方に晩御飯に招いてもらったのがきっかけで。吉谷さんは親父の先輩で、やっぱりものづくりをしている方だった。芸術と手仕事を見たいんですけど、どこに行ったらいいですか？って吉谷さんに訊いたら、フィレンツェをすすめられた。僕は国内のことを想像していたから、イタリアか！　遠いなって。でも吉谷さんの奥さんがニューヨークに行くべきだって言い出した。そのうちにフィレンツェ対ニューヨークでもめ始めて」

「ご主人は、自分が若い頃イタリアに行こうとして結局ロンドンに移住された方だから。イタリアには想い入れがあったのかもしれない」

「結局吉谷さんが、まずはいまにつながる芸術が最初に起きた場所を見て、物足りなくなったらニューヨークに行けばいいと、それで奥さんの方も納得した。そのとき夕食に同席していた別の夫婦が、私たち夏にフィレンツェ行くわよって。新しく店を開ける予定で、そのための備品を発注しにいくから三日間くらいは一緒に動けるって言ってくれた」

「俺はメキシコ人とか、ラテンの人に会って人生が変わったっていう経験があったから、源樹にもどこかでラテン系に会って欲しいって考えてた。だからこれはいい機会だなって」

「でもほら、うちの家庭状況見てよ。フィレンツェじゃないでしょ？　私なんか、半分やめて欲しいって思ってたから、自分で全部できるんだったらいいよって言った。一人で準備なんかできないと思って」

「行きたいなら俺にプレゼンしろと、チケットはこう買うとか、どこに泊まるとか、こんな感じでやるんだっていうのをやらせたんだよね」

「そしたら本当に、ちゃんと自分で準備してしまった。ここから東京にも行ったことない源樹が急にイタリアって、私、もうびっくりしちゃって」

「そもそも手仕事と芸術を見てみたいと思ったのには、親父がそういう仕事をしてるというのがもちろんあったんです。この益子の風土というのもあるけど。どんな風に親父の仕事と関わっていったらいいかっていうのを考えていた時期だった。どういう距離感で、というか。木工を継ぐといっても何も知らなかったら仕方がないし、何もわからないのにすぐその仕事をやってもいいのかなって。まずはいろんな仕事を見にいってみようと」

高山さんの家の外観は二階建ての四角いプレハブで、装飾のない簡素なつくり、築二十年の経年変化で背後の低山にすっかり溶け込んでいる。引き戸を開けて中に入ると印象は一変する。深い色味の床板の上に高山さんの手によるダイニングテーブルや椅子、飾り棚、スツールや木彫が静かに配置されている。

「僕が通っていた大羽小学校の土地には元々神社があったそうです。大倉神社といって、いまは綱神社の横に祀られてます。百五十年前の人たちにとって、ずっとうやまってきた神社というのは特別な場所だったはずです。それをみんなで決断して学び舎にしたというのが意味のあることだと思うから。その場所で小学校が続いて欲しかったんですけど、結局生徒が少なすぎて廃校になってしまった」

「小学校は川が合流するところに建っていて、昔はそのあたり全体が聖地だったらしい」

「廃校になったのは僕が小学校の五年生の頃。僕はただ一人、反対だって言っていました。三年生ぐらいからその話が持ち上がってきた。授業を抜け出して校長室の前にいって、窓から校長先生を睨むっていう反対運動をしてた」

「先生たちはね、親が煽ってるんだと勘違いして、結構大問題になったんだよ。いやいや俺たちじゃないんだ、と」

「源樹は自分で文章書いて廃校反対のビラを配ったり、大羽小学校がなくなるのはどう思いますか?って全校生徒にアンケートを配ったりしちゃった」

「みんな、ヤダって方に丸をつけたんです」

高山さんの家は下大羽地区の境界付近にある。隣は上大羽地区。八百年程前に源氏方の武将、宇都宮朝綱が上大羽に菩提寺を建立した。宇都宮家の墓は菩提寺に建てられ、墓守りとして士族が移り住んだ。上大羽の人々には士族としてのエリート意識があった。彼らは下大羽の人間を「下々の者」と呼んだ。当然ながら下大羽の人々は反感を持つ。そのような経緯から、双方の住人は長きに渡り対抗意識を抱いて暮らしてきた。さすがにいまは平穏で、隣りあう行政区域同士というだけの関係になっている。

「学校帰り、畑をやってる人たちがいるじゃないですか。僕は幼稚園まで畑を見たことがなかったから、物珍しくて。何してるんですか？って訊いたら、小学校一年くらいの頃は、相手が何を喋ってるかわからないんですよ。おじいちゃんおばあちゃん、方言きついから。でもだんだんわかるようになってきて、野菜の話とか、家族の話とかしながら一緒に畑仕事をするようになった。収穫時期には学校の校門を出てすぐの家で大根を手渡されて、次のところで白菜渡されて、あとはネギをランドセルに突っ込まれた。そうやっておじいちゃんたちと喋ってるもんだから、もう、地元のネイティブの子より訛りがきつい。三年生の頃には友達に、源ちゃん何言ってっか全然わかんねえって言われて愕然としたんです」

「ここに越してくる前は宇都宮だったから。地方都市とはいえ、やっぱりアスファルトとコンクリートに囲まれていて土が見えなかった。俺が能登で生まれて、東京で長く暮らしていくなかで、自分が子供のときに味わった感覚を源樹にも与えたいなって思った。それで益子がいいなと。なかでも大羽のこの辺りは土地の雰囲気が自分の原風景の能登とよく似ていた。前が田んぼと畑で開けていて、後ろに山がある。ここだと思った。裏山も譲ってもらって、川の向こうの土地と、脇の中州のところも。源樹はまずあの土地から葡萄を始めることになるんじゃないかな」

上大羽の人が「うちは墓守りしてる士族だ」と自慢すると下大羽の人が「こっちは信号あんだかんな」と言葉を返した、という笑い話がある。実際、この周辺でただ一つの信号は下大羽の地区内にある。ただしその言い分には字義通りの意味にとどまらないお国自慢が含まれている。旧時、宇都宮から水戸に抜ける街道が下大羽の域内を通っていた。往来が多く活気があるのは今も昔も下大羽の方だ、と彼らは主張している。

「高校を卒業して今度は長期の予定でイタリアに渡ったんです。最初は語学学校に入って、時間を見つけてはアスティとかバローロとか、北部のワイナリーに行っていました。有名なワイナリーは働く人が登録されていて、不法労働させるとお上に罰せられるんで。日中はだめだけど夜だったらってことで、夜盗虫が新芽を食べにくる時期にヘッドライトをつけて葡萄畑を延々と歩くんです。虫を見つけたらつまんでつぶすっていう仕事をやらせてもらった」

「源樹がサルデーニャから日本にひきあげてきたあと、勤めてた店の人から電話があった。源樹がいなくなったら街が汚くなったって」

「イタリアには六年いて、最後の方はサルデーニャの小さな集落にある服屋で働いてたんです。店の人からそんなに遠くまで掃かなくていいって言われたんだけど。本当に小さくて素敵な街だった。目抜き通りは二分で歩き切っちゃうくらい、街を一回りしても四、五分で歩き終えてしまう。全部やっても十五分で終わるから、朝と夕と、日に二回ほうきで掃いてた。だいたい向こうの人はタバコを吸ってポーンって投げる人が多いんです。吸い殻がコロコロ落ちてる。一番生産してるのがうちのオーナーの奥さんだった。投げるなって言ってるじゃん！って言っても、どうせ源樹が掃くんだからいいじゃんって言うんです。サルデーニャは良いところでした。服屋で働きながら、ワイナリーに行っていろんなことを教えてもらいました」

彼はどことなくイタリア人のような顔つきをしている。イタリア人の血は入っていないが、その目鼻立ちと長髪を後ろに束ねた様を見て、かの国を連想しない人はいないのではないか。彼にフィレンツェ行きを薦めた人は、もしかしたらそれが理由でイタリアの古都の名を口にしたのかもしれない。

「ココ・ファームはご存知ですか？　ココ・ファームの母体のこころみ学園は、川田さんっていう創設者の熱意一本で、何もないところから始まっているんです。最初の頃はお金がないし何もないから、運営側の健常者といわれる人は外に働きに出ていたそうです。頼んだよ、って言って、街に出稼ぎに行って、働いたお金でお味噌とかお米とかを買って帰った。いま、こころみ学園は園生が一五〇人くらい。半世紀以上の歴史があるから、最高齢の園生は八十七歳だった。作業に出てこなきゃいけないっていうきまりはないんです。若い子たちはある程度、来なきゃだめって言われていたけど。僕より細くてひょろひょろの人がいて、大丈夫かなって思ったら、斜面でばりばり作業をするんですよ。結構すごい傾斜で、三十八度もあるんです。ちょうど葡萄の収穫時期で。僕は自分が住んでるところで、元々大羽小学校があった場所にいま入っている作業所、そこの人たちと一緒にワイナリーをやれたらいいなと思ってる。どうやったらそれが可能か、それに自分が思ってる品種がどれくらいの精度があるのかっていうのも考えたかった。ココ・ファームでこの二ヶ月間研修させてもらって、ちょうど帰ってきたところなんです。彼らはワインについて言えば四十年の経験がある。園生との試みということでは六十年間のノウハウがある。こころみ学園には重度といわれる人がたくさん入っているんだけど、一緒にやろうよって感じで。体を動かす、一緒に何かをやる、それが責任感をうんだりとか、精神状態を良い方向に持っていくんだって考えて、川田さんが、よし、山を切り開くぞって、みんなでつるはし握って頑張ったらしい。不適応とか言われても、そうじゃないんだって世の中に見せていくのと同時に、そんな人たちがつくったからすごいでしょっていうんじゃなくて、それ抜きで、飲んだときに美味しいと思えるものじゃなかったら意味がないと、そういう姿勢」

「実際美味しいよ、ココ・ファームのワインは」

「こころみ学園は柵をつくらなかったそうです。帰ってきたい場所にするという意気込みで。そしたら最初のうちは、みんな脱走してしまった。そのときは電話がかかってきて、おたくの子が家にあがってきてる、怖いんだけど！　早く迎えきてと言われて、すみませんと謝ってたそうです。なんだお前のところは、柵もつくらないで、だめじゃないかと怒られて。でも二十年くらいたったら、実際、園生の皆さんがそこに居たいと願う場所になっていた。それでもごく稀に出て行ってしまう方がいて、そういうときは電話がかかってきて、いま、うちにきてるんだけど、ご飯食べさせていいかい？　そういう電話になった。時間の中で、地域の方との関係も醸成されていった。だから源樹くん、気長にやんなって。たまにうちに来て、カリキュラム組んで、やってみたらいいわって言ってくれた。今回二ヶ月行っただけでもすごく学びがあったんです」

ふと窓に目をやると、ずいぶん陽が傾いていた。西から射す角度のない光が、家の前の水田を橙色に染めあげていた。

「葡萄は普通、タネからっていうんじゃなくて木からなんです。挿し木で増やしていく。タネから育てると実を成らすのに七年から八年かかるんです。だけど挿し木でやれば五年くらい。挿し木っていうのは、枝を切って地面に刺すんですよ。そうすると根が出てきて。葡萄の場合はしかも接ぎ木で、挿し木なんです。パチっと切ったやつと、もう一種類パチって切って、それをつなげて地面に刺すんです。根は下の木の特性を持ってのびて、上の木の特性を持った実が成るんです。どうして葡萄の世界でそういうことをやるようになったかというと、百何十年か前、品種改良にチャレンジしていたフランスやイタリアの人たちがアメリカの品種を輸入した。苗木を土ごとどっさり運んできたら、その土の中に虫がいたんですよ。葡萄の根に巣食って枯らしてしまう恐ろしい虫で、ヨーロッパの葡萄の木の九十パーセント以上がだめになった。もうフランスのワインもイタリアのワインも終わりだなってなりかけた頃に、ある人が、あれはアメリカから来たんだよな、と。アメリカには葡萄がはえてるんだから、アメリカの品種なら耐えられるんじゃないかと言って、それに接ぎ木してみよう、と。葡萄は見事に生き延びた。それからフランスやイタリアの土着品種を片っ端から接ぎ木した。いま残っているヨーロッパの品種のほとんどはそのとき接ぎ木したものなんです。そういうピンチもあったんですけど、本来、葡萄は強い木なんです。聖なる木とされているじゃないですか。浸水したりして傷んでも、他の木と違ってすぐに回復する。あとは硫黄とか塩分とかの環境下でも、果樹のなかでは圧倒的に強い。再生力、生命力っていうのに昔の人は心を動かされたんじゃないかな」

「荒れた土地では水分として葡萄が必要で、長期保存しようとしたときに出てきたのがワインだった」

「場所によっては地下からの水が硬水でどこを掘っても飲めない。それを葡萄にしてしまえば飲める。あとは菌が死ぬじゃないですか、アルコールで。必ずつくらなきゃならないものだった。だからもう密接なんです。イタリアだと十五歳でソムリエをとったりするんですよ。法律上、飲酒は十八歳からなんだけど。ソムリエ協会の言い訳がすごくて、ちゃんとぺって出してるから大丈夫、と」

外で蛙が鳴き始めた。数匹の声が少しずつずれて、一定のリズムをつくっている。

「これからやろうとしているのは、一人ではできることじゃない。ココ・ファームに行ったとき、みんなでやれたのがすごい気持ちよかったんです。今日はこんだけ進んだねって言って、一緒にお茶飲んで。ここは山の上にいったらこの大羽の町全体が一望できる。昔は尾羽と書いていただけあって、鳥の尾の羽のような地形をしてる。昔の人は、あっちは結構頑張ってんな、こっちもこれくらいやるか、とか、そうやって切り拓いていったんじゃないかな」

暗くなるにつれて蛙の鳴き声が倍々に増えていく。闇のなかで一つになった音のかたまりが、辺り一面に響き渡っていた。

十字

角田さんは紺のキャップをかぶって、胸にポケットのついた白いTシャツを着ていた。ポケットには枝豆のワンポイントが刺繍されていた。江古田の国道沿いにある古いアパートの三階部分、その二部屋をつなげてベニヤ板を敷き詰め、アトリエとして使っていた。前のところから移ってきて間もないらしく、真新しい匂いがした。室内には描き上がった絵と描きかけの絵がたくさん立てかけられている。

あるとき、三角形が妙に気になるようになってきて。

三角形は安定と不安定のあいだのような形。その三角形で画面を構成したくなった。この絵は地形だと思われたりするんだけど、違う。じゃあ何かって、いやだから、三角形だよ。

前にアートディレクターの仕事をしていて、同時に三十以上の案件を抱えていた。忙しかったけど、それでも夜は絵を描いてた。絵は全然、仕事とは関係なくて、好きで描いていて、誰に見せるでもなく。仕事はあまりにも忙しかった。それであるとき、気持ちがゼロになった。意欲がまったく無くなってしまって。絵を描こうとしても直線しか描けない。本当に、ただ直線を描いていた。それからじきに点が打てるようになった。とにかく点を打った。めっちゃめちゃ点を打った。結構大変で、親指の先くらいのスペースだけで一時間くらいかかる。点のやつの最終形がこの五枚。それから、この輪っか。輪っかが描けるまでになった。直線、点ときて、輪っかになった。

そういえば最近、製薬会社から連絡があった。末期癌の患者さんのターミナルケアで、アートセラピーとして俺の絵を使う、みたいな話だった。人が自分の絵を見てそう言ってくれるのは嬉しい。でも自分が関わってやっていくっていうのは何か違うと思った。丁重にお断りした。というのも……いや、何というか、前にね、昔、知り合いだった人に街で偶然会ったんだ。彼はアメリカでとてもいい雑誌の仕事をしていた。ばったり会ったときに、その雑誌で俺の絵を紹介したいって言ってくれた。お前の絵はカリフォルニアとかで評価されるから、自分の雑誌で紹介すると言って。嬉しかったから、それはどんどんやってくれって言ったんだけど。それより、そいつの顔色がすごく悪くて。「おい、そんなことよりお前すごい顔色だぞ、お前死ぬぞ、大丈夫か?」って言ったんだ。そいつは「うん、病院に行ってるから」って。それで「最近はお前の画集を見て泣いてる」って言い出すから。「俺の画集見て泣くなんて相当やばいぞ、お前死ぬぞ」って。「いや、だから病院行ってるから」とかいうんだよ。そしたらそいつ、一ヶ月後に死んだんだよ。末期癌だったんだ。それで俺の絵を見て泣くやつがいたらやばいって思うようになった。

あと、ずいぶん世話になってた先輩がいた。彼もやっぱり死んじゃったんだけど。その先輩が「お前、絵をやった方がいい」って言った。彼が死ぬ一ヶ月前のこと。だからもう絵に集中しようと決めた。周りからはどうかしてると言われたけど。それまでアートディレクターの仕事はとてもうまくいっていた。でもその仕事はマスに良いと思ってもらう必要があった。こっちは突き詰めて良いものを、と思っても、それを引き下げろと求められる。大手の広告会社のわかってないやつらに勝手なことを言われるから頭にきて。それで、わかってほしいと思う人、わかってくれる人に向けて、その一人に向けて描くのがいいと思った。だから絵に向かうことにした。ただ雑誌の仕事も少しやってたな。その号の表紙、サイ・トゥオンブリーだよ。サイ・トゥオンブリーが好きで。というか、学生の頃に初めて行った画集ばっかり置いてある本屋で知ったんだよ。サイ・トゥオンブリー。その店は閉店セールをやっていたんだけど、洋書のアートブックが並んでる店で彼の画集をみた。落書きじゃん！と思って。落書きなのに、こうしてちゃんとした装丁の本になってる。ということは、それなりに評価されてるってことだろう。それなら自分もやりたい、と思った。一生懸命やって評価されてっていうのは、まあ、それもいいんだけど、落書きみたいにやってそれが評価されるっていうのなら、自分もチャレンジしたい、やる価値があると思った。そういうきっかけにもなった人だから、雑誌の表紙に使いたいと思ってオファーしたら彼は喜んでくれた。その号には俺の絵も出てたんだけど、彼が良かったたって言ってくれたし、同じ号で彼と自分の名前が並んで出ることにもなったし。もうやりたいことやったなあ、と思って。雑誌もそれでやり終えた感じ。

高校の頃はギターばっかりやってた。あるとき、美大に行けば勉強しなくていいってことに気づいた。いいじゃん、と思って美大を目指すことにした。それに好きなミュージシャンはみんなアートスクールに行ってたから。音楽家になるには美大に行かなきゃいけないんだと勘違いしてた。好きなアルバムジャケットを模写してたら、なんかうまくなってきたし。それで美大の予備校みたいなところに行った。一五〇人いる中で色調もデッサンも始めからトップで、もう全然行けるじゃん、と思って。なんか、パンとか花瓶とか描かされて、つまらないなと思ってたんだけど。夏になったら先生から「お金出すからもう教える方にまわって」って言われて、それで教えることになった。「ここは実際こうなんだけどむしろ線をこうした方がより本物っぽく見えるよ」とか。そういう感じで、教えるのは結構うまかったかもしれない。絵は子供の頃から好きではあった。テレビかなんかで横尾忠則の絵を見て「おおすごい」って言ったりする。そしたら次の日に親父が横尾忠則の画集を買ってきてくれた。親父はちょっと変わってるんだけどね。俺が興味を持ったことに対しては応援してくれた。いや、死んでないよ。親父はいつも俺の絵を見て「だから何を描いてるんだ？」って言ってる。「わかんない」って。親父は防衛省で働いていた。まあ、近いっちゃあ近い仕事をしてたのかも。防衛省でレーダーの設計。そうすると当然、レーダーの間近で過ごすことになる。親父はあるとき、部下の子供が全部女の子だけなのに気がついた。一人も男の子が生まれない。こりゃなんかやばいな、レーダーの影響出てんな、と思ってやめたらしい。そのあとは銃の設計をしてた。親父は八十五になるけど元気。お袋は何年か前に死んだ。お袋は俺の絵を見て「色が良くなってきた」とか、俺に向かって言ってたよ。

いや、それは十字架じゃない。ずいぶん前に描いたやつだ。まだ二十代の頃にインドに行った。そこでタントラ絵画に出会った。タントラは密教で使われる宗教画なんだけど、教義を抽象的に表現してる。一千年も前に抽象画をやってた。へえ！って思った。しばらくラジャスターン州のあたりにいた。それで帰ってきて、タントラを自分なりに描くようになった。その十字は別にキリスト教の十字じゃない。十字を描くと焦点ができる。垂直と水平とが交わって、そこに集中する点ができる。若い頃はそういう焦点を必要としていた。だけどだんだん、その焦点が必要なくなってきた気がする。そもそもキリスト教の十字も、あれは人の形を模したものだと言われたりするけどね、そうじゃなくて、焦点をつくる、そういうものだったんじゃないかな。

ここはでも三年くらいで終わりにしようと思ってる。場所によって、特に色、使いたい色が変わって違うものができるから。この部屋は国道に面していて車がじゃんじゃん通る。それを見てると戦闘的な気持ちになって、やるぞってなる。前のところは長く居すぎた。のんびりした場所だったから、こっちものんびりしてしまった。四十代の頃にもっとやっとけばよかった。五十になったあたりから、ああ、本当に残された時間少ねえなあと思うようになって。ここで三年、バッとやる。まだ自分の中でマスターピースと言えるものを描いてない気がする。場所によって描くものは変わってくる。三年やって次へ。前は家と描く場所が一緒だったけど、いまは別にしてる。やっぱり一人でやらないとダメなところがあって。ここだと入っていける。壁と向かいあってる感覚がある。

角田さんはポケットからムックリを取り出した。ムックリを口にあて、ビーン、ビーンと音を鳴らした。倍音がこだまして室内に響いた。絵を眺めていたライ美が「いいな」と言うと、角田さんはどこからかもう一つムックリを持ってきて「はい、あげる」と手渡した。ライ美は見よう見まねで口にあて、ムックリの紐をグングンと引っ張った。ビーン、ビーンと音が鳴った。角田さんほどきれいな音色ではなかったが、初めての割には結構いい音が鳴っていた。

南　蛮

熊谷さんが矢尻のコレクションを披露してくれる。昆虫標本のように、木箱に並べて飾ってあった。

「矢尻は縄文以前からつくられていて、この頃には結構デザインとかが固まってるんです。でもときどきほら、こんなのとか。なぜこういう形状なのかわからないものもある」

「前に日本刀の展覧会に行ったことがあって、いくつか変な形の刀がありました。当時は実戦で使われていたはずなのに、いまの武術家にきいても使い方がわからない。物だけが残ってどう使うかが伝承されてない。これもきっと、なんらかの使用法があったんでしょうね」

熊谷さんはキセルを咥えた。

「日本刀は面白いですよ。僕がいいと思ったのは、正宗さん。あの人は結構謎が多い。工房を点々としてるんですけど、どこへ行っても彼の工房の横に隕石が落ちる。てことは、隕石で刀をつくってたんじゃないか、と。それにそこまで正確だとしたら、落ちることを見越して住んでた可能性もある。ここに来るなあ、ってところに家を建てて住んでる、あいつ。なんか知ってたんじゃねえかって。つくった刀は一部の人に妖刀とか言われているわけで」

それから矢尻を手にとって、指先で触って机の上に置いた。

「石器も、こんなのをいまつくろうと思ってもつくれないんですよね。打製石器でこの精度のもの、これを見たときすごいなと。たまたまできたんじゃなくて量産してる。やっぱり無名性って良かったんじゃないか。この人が当時無名だったかどうかはわからないですけど。だから民芸はつくづくいいんす。そのことも僕は言ってるんですが、学生にはうけない。でもこじれて入ってくる人、どうしようもなくこの世界に、って子が美大には来るんす。逆にいうと美大って理由づけを学生にさせていくので。なぜつくってるんですか？みたいなことが受け入れられない学生もいる。そんな子にはちょっと効いてくるから。これでいいんだと思えれば、ものは良くなるんす」

熊谷さんは母校の美術大学で週に一度、講義を受け持っている。

「美術ってすごく怪しいのが、結局、講評するんです。点数をつけるわけですよ、僕も。学生ってそんなに飛び抜けないんで。やっぱり頑張った奴しか良くないんです。やる気ない奴はすぐわかっちゃって、いろんな理屈をこねくり回してもダメなものはダメじゃないですか。頑張ってる奴っていうのは、その中で比べちゃうと誰が見てもいいんですよ。それでも世に出たらまだまだなんです。そこが難しい話なんです。素直に褒めるんです、その中では。でもそういうことじゃないっていうのをずっと言っていて」

口をきかない学生がいた。彼は新潟の実家を出て東京の美術大学に入学し、授業には律儀に出席していた。親に啖呵を切って出てきたにもかかわらず、大学の美術教育にどうしても馴染めなかった。むしろ自分が拒絶されているように感じていた。いまさら投げ出すわけにもいかず、何をすれば良いかもわからぬまま、しまいには髪の毛が抜けるくらいの葛藤状況に陥っていた。

あるとき、土偶をつくるという妙な課題の授業があった。土をこねて人形をつくり、あとは目を入れるだけ。ところが全然うまくいかない。

講師の土器作家が近づいてきて「道具が悪い」と言った。学生は工業製品の美術用具を手に握っていて、それで穴をあけて目をつくろうとしていた。土器作家は外から枝を拾ってきて「これ使ってみたら?」と学生に手渡した。彼は半信半疑で枝を手にとり、それで人形に目をいれた。不思議なことに一発で決まった。そのとき突然、視界がひらけた。

それから何年かして、個展会場に立っていた土器作家のもとに一人の男が近づいてきた。土器作家の前に立って「あなたが枝を与えてくれた」と言った。「あの頃は自分でもよくわからないまま、深い沼にはまっていた」と。彼は卒後に紆余曲折を経て、ライブハウスの経営で成功を収めていた。最後に深々と頭をさげて、彼は遠慮がちに立ち去っていった。

熊谷さんの奥さんがほうじ茶を淹れてくれた。お盆の上には急須と不揃いの湯呑茶碗が人数分のっていた。熊谷さんはそのうちの一つを手にとって「これ廣谷さんの」と言った。

「いいよね、廣谷さん」

と乃木浦さんが言った。

熊谷さんは急須の取っ手を握り、皆の茶碗に注いでくれた。

「廣谷さん、元々は土器をやりたかったんですって。でもお金も稼ぎたいなって考えたときに、もうちょっと裾野を広げて、唯一引っかかったのがこれなんですって。南蛮って言われている器なんですね。ルーツは日本じゃなくて、東南アジアあたりのおばちゃんがつくってた器なんすよ。南蛮貿易で日本に入ってきたときに、日本の茶人がこれは面白いねって言い出した。それで南蛮焼きって言われるようになった。ものを見て、そこから再現していくんすよ、日本人は。以来、南蛮はずっと再現され続けてる。僕はそういう南蛮を見てきたんだけど、元々南蛮焼きをつくってたのは土器と同じでおばちゃんたちだった。でも日本で再現を試みていたのはおじさんたちで、なんか違うんですよ。なんとなくカッコつけた南蛮しかないわけです。僕は諦めてたんだけど、廣谷さんの南蛮見たときにこれだと思った。訊いたら本当に女性がやっていて。会ってみたらテンションがそんな感じの人だったんです。本来の南蛮をやりたいとかじゃなくて、自分の生活の一部くらいでやっていきたいなって感じの。本人は自覚ないかもしれないけど、たぶん当時の東南アジアとかのおばちゃんたちとまったく同じノリなんです」

「廣谷さん本当に、タイムスリップしてる」

と乃木浦さん。

「そういう意味で貴重。ただ下手なんで。土器と一緒で、それだとあんまり評価されないんす」

「でも良いよね、すごく」

「最初に廣谷さん見たとき、中学生かと思った。これをつくってる人が、中学生みたいなんすよ」

「かなり小柄だよね」

「でも大きい子供が二人いて、その子たちはもう成人してる。最初の旦那さんが焼き物をやっていて、手伝わされて、嫌だったのに焼き物自体には興味を持ってしまった。別れてから高知にいる知り合いの焼き物屋さんのところに行ったんですって。教わったわけじゃなくて、見てたんですって、ずっと。ろくろはどうやってひくのか。本来はこう回すんだけど、廣谷さんは見たまんまで覚えちゃったもんだから、逆回転。あれは難しい。西の方ではまだ左回転の文化が残ってるんだけど、左回転で右利きだったらちょっと変な器ができる。乃木浦さん、見たことある？」

「ある」

二人はなんだか嬉しそうに、廣谷さんという私の知らない陶芸家のことを語っていた。

「足で回すんで、体幹というか、土台がしっかりしてないとつらいのに、木のほっせえ椅子みたいのに座ってる。でもそういうことを気にせずに淡々とやってるのが見てすぐわかった」

「窯の天井がものすごく低いもんねえ」

「一緒にグループ展をやるときに手伝いに行ったら、天井、燃えてましたからね」

「手作りだから、あれ。もうだいぶ古くなっていてね。窯がまた、金がないんで、屋根瓦をいろんなところからもらってきて、その瓦でつくってる。本当は耐火煉瓦とか、生土でやっても良かったんだけど、それだとつくるのが難しいんで瓦をもらってきて」

「僕が手伝いに行ったとき、廣谷さんに、ここらの土を取っても良いですかって訊いたわけ。薪窯の横で野焼きして土器をつくるのが僕の楽しみなわけですよ。掘りに行こうとしたら、ダメ、そこはって。なんでって訊いたら、そこでうんこしているっていう。なるほど、と。トイレがないんすよ。いつもその辺の茂みでやってる、と。僕はそのとき初めて知った」

「女の人一人で、窯のまわりには何もなくて。だから窯を焚くときは三泊四日、ずっと一人で、薪をくべて」

「その薪も半年かけて自分で割ってるんです。だから勝てないです。理屈でせめたら勝てない。廣谷さんがこの前、乃木浦さんのギャラリーでやったあの籠というか網というか、あんなのもつくるってこと、僕は全然知らなかったたし。いまの若い人たちにも教えてあげたい。みんな、ちゃんとした焼き物をやりなさいって言われてるんですよ。彼らにこういう世界を見せてあげたいんだけど」

「廣谷さんは、なんかね、悲しみが深くて」

と乃木浦さんは言った。

「それも、もう海みたいなもので。すごい深い」

熊谷さんは「本当、そうなんです」と同意した。

「幼少期から鍛えられてるんだと思うけど。父親がとにかくやべえ奴だって廣谷さんからたまに聞きます。彼女の父親、借金つくって失踪してまして。父ちゃん、失踪してる。子供の頃から。家の電話には借金取りの電話しか掛かってこない。中学か高校くらいの頃、父ちゃんが帰ってきたんですって。チャリに乗って、ふらっと。そのとき、家族は割と自然に受け入れたらしいんですけど。せっかく帰ってきたからなんかつくってあげるって言って、父ちゃんが乗ってきたチャリンコでスーパーに買い物に行っていたら、お巡りさんに止められまして。職質ですよね。まんまと、盗難車だったんですって。まあ、そこまではしょうがないって思ったと。父ちゃんお金がなかったし。でも私じゃない、と。うちの父親のチャリンコだからと。お巡りさんに許可をもらって父ちゃんに電話して、来てくれ、私が捕まっちゃうからって言ったら、お前が盗ったことにしてくれって言われて、電話をきられちゃった。そういう父親らしいです」

廣谷さんの湯呑茶碗を触らせてもらう。ざらっとした手触り。話を聞いたあとだったからか、その茶碗はどことなくあっけらかんとしているように見えた。

「それからまたどこかに行って、帰ってこないらしい。まだまだ知らないことはあるんだろうけど、廣谷さんはそういうのを面白おかしく喋られるんでね。だから彼女の場合は、なるべくしてなっちゃってる気がする。ただ、そういうのをこぼさない人がいるじゃないすか」

熊谷さんに湯呑みを返すと、両手で包むようにして眺めていた。

「こういうのをいいなって思ってくれる人がいるっていうのが、僕としては、そこもまたすごいことなんですよね。加川さんって人がいる。器を扱ったり、ギャラリーをやったりする人。その加川さんが、もう店を閉めると。彼は初めて僕の器を拾ってくれた人だった。加川さんは結構な歳だし、十年やればいいやと口にしていて、本当に十年で閉めるとか言い始めた。最後の年に展示をやってくださいって依頼が来たんですよ。そのあとはもう閉めるからって。元々古道具屋さんだったんです。閉店前に老後の資金のためにどんどん売っていた。加川さん、お金がたまって、関わっていた作家は安心したんです。展示が終わってありがとうございましたって言っていたら、こういうの手に入れたんだよって加川さんが。それが土版なんすよ。十年かけて集めたものを売り払った財産、全部を使って土版を五枚、突然、買っちゃったんです。だからもう、いかれてるんです。このクッキーみたいなやつ五枚になってたんすよ、老後の資金が。加川さんにはお世話にもなったし、せめてと思って展示の売り上げ全部でこの一枚をもらった。でも閉めるのかと思いきや、もう一回だけやるって。そこに出てきたのが、廣谷さんだったんです」

私はほとんど身を乗り出していた。

「その話を廣谷さん側から聞いたら、高知でも全然売れなくてどうしようってなったときに、東京に一度売り込みにいったら良いじゃないかと知り合いの陶芸家から言われたそうで。バックパックにザクザクに積んで教わった店をまわったんだけど、全部断られて、最後に行ったのが加川さんの店だった。加川さん、見た瞬間に、これは何だってなったんですって。店は閉めるってあれだけ僕らに言っていたのに、クッキー五枚にはするわ、もう一回やるとか言い出すわ。加川さんは廣谷さんの器を拾いあげた。高知の焼き物屋さんからはだめだって言われ続けてたらしいんだけど、そういうことじゃないって前提でやっていたんです」

すっかり日が落ちていた。私たちはあまりにも長居しすぎていた。いとまをつげて玄関の戸を開けると、ほんのり堆肥の香りがした。坂をくだって車を停めていた空き地まで歩いた。熊谷さんと奥さんが下まで見送りにきてくれた。車に乗り込む前に、皆でなんとなく夜空を見上げた。星は出ていたが、動く光は見当たらなかった。

地学

職場を出て地下鉄に乗り、ドアの近くに立って窓の外を眺めた。暗がりのなかで光が猛スピードで過ぎ去っていく。その日の午後に起きた仕事の上でのある問題が、前方から胸を圧迫していた。

ライ美がキッチンに立って、熊谷さんの土器の鍋でカブやブロッコリーを蒸し焼きにしていた。土器の鍋は普通の鍋とは扱い方が違うようで、結構手こずっているように見えた。私はテーブルを拭きあげて箸と皿を二人分並べた。土器の鍋で焼いた野菜は水分を内に含んだまま芯まで火が通って、何よりも贅沢な味がする。でもこの日に限っては正直なところよく味わえていなかったかもしれない。

翌朝早くに目が覚めてしまい、しかも二度寝はできそうになかった。観念して身を起こし、廊下の脇の棚を眺めた。ライ美の本が何冊か並んでいた。なぜか地学の参考書があった。手にとってなんとなく目次を眺める。第一章、地球とその活動。第二章、地球の歴史。第三章、大気と環境。第四章、地球の環境。第五章、太陽系と宇宙。彼女は宇宙の話が好きだから、それでこの本を買ったのだろう。台所の電気をつけて、椅子に座って参考書を開いた。

宇宙は138億年前のビッグバンから始まった。水素とヘリウムのガスが凝集して恒星に至り、恒星の中でその他の元素が合成されていく。太陽と地球を含む惑星は46億年前に誕生した。地球に最初の生物であるバクテリアが生まれたのは35億年前のこと。6億年前の海中では軟体のエディアカラ生物群が優勢を誇っていた。続いて硬い骨格を持つバージェス動物群が出現。海中生物による20億年間の光合成で大気中の酸素量が増え、生物の陸上進出が可能になる。シダ植物が地表を覆う。両生類が海からあがって最初の一歩を踏み出した。2億5千年前のペルム紀末、シベリア東部の火山が大規模噴火を起こす。噴火は数百万年続き、地球史上最大の大量絶滅が起きた。生物種の9割が姿を消したが、その過酷な時代を生き残った動物が進化を遂げて恐竜に至る。恐竜の時代は2億年続く。6千万年前の白亜紀末に直径10キロの巨大隕石が地球に衝突。恐竜は絶滅した。このときの絶滅種は全体の7割。そのあとは哺乳類の時代。人類は7百万年前に登場する。

朝起きたときから喉に何か詰まっているような感覚があった。水を何杯か飲んでみたが、それでおさまりはしなかった。

銀河系は太陽を含む2千億個の恒星でできている。同じような銀河系が宇宙には無数にあって、数百から数千個の銀河がまとまって銀河団を構成する。その銀河団がまた数限りなく存在している。それらがたくさん集まって、網の目のような連なりの、宇宙の大規模構造を形成している。

恒星の一生は百億年で終わる。46億歳の太陽は50億年後、巨大化して150倍の直径になる。現在の地球の軌道ほどの大きさで、そのとき地球の表面温度は5千度を超えている。地球は巨大化した太陽の引力で吸収されているのかもしれない。あるいは弾け飛んでいる。赤色巨星となった太陽は膨張をやめ、外層からガスが宇宙空間に流出して、中心には高温の白色矮星が残る。核融合が止まって次第に冷えていき、最後は暗黒となって見えなくなる。

太陽を含むこの銀河系の近くにはアンドロメダ銀河がある。二つの銀河は接近していて、いずれは衝突することになる。

小林さんのオルツヨイク

たとえば美術館から個展の話が来るとか、そういう場合はね、美術館の展示室の図面から方向性が決まってくる。一枚の絵のことを詳しく、この絵はこんなんであんなんでっていうよりも、まず全体のテーマを決めていかないと。

壁に突然、今回のこの絵のタイトルはって書かれていても、たとえばこれなんか、まず発音できないいんじゃないか。ずっと昔の古い言葉っていうのは子音しか表記されないことが多いんで。たとえばN、これはいまの発音記号だと点が下につくことになる。ングっていう具合に。それからW、日本語のワ行だとワ、ヰ、ウ、ヱ、ヲってなる。ワとヲは使いますよね。いまも使われるワとヲの間の、ヰ、ウ、ヱはいまの日本語にない。でも、そこにはその発音があったんです。

ＮＷＹＦ、ヌヰフィと発音します。子音だけの表記、この絵にも出てきます、これでルネスって言いますけど。北欧の古い言葉なんですね。ルーン文字なんかも、だいたい二、三世紀くらいに、まあ文字として出てきますね。言葉っていうのは当然意味があるんです。このOLTUYOIK、オルツヨイクなんかもね、意味があるんじゃないかってみんな思うわけです。

ヌキフィは、力を指している言葉です。簡単にいうと、1ニュートンとか、1ジュールって言葉ありますよね。1キロの重さを1メートルの高さから落としたときには、1ジュールの単位になる。それはワットにも変換できますし、熱力学的に一つの定数というものが熱に、それに電力にも変換関数として計算できるわけです。

結局これは、私って意味です。それをいちいち説明したとして、皆にとってどの程度必要があるのか。でも特に興味を持ってくれた人の中に疑問みたいなものがね、エニグマが隠されていると、いい意味なのか悪い意味なのかって思うじゃないですか。オルツヨイクだけは読めるけど、他は古代文字の変形で、絵の中に紛れてほとんど読めなくなっている。僕は前から古代文字の研究を長くやっているんです。

フランスには興味を持って勉強する人が多くて、ヒエログリフを解読したシャンポリオンもそうですよね、あの、解読しましたよね。いまにして思えば、あれは当時の複数の国の人のためにいくつかの文字でってだけじゃなくて、長い時間のことを考えてたんじゃないかな。いつかこの文字の文化が廃れて、また誰かが掘り起こして、いずれは解かれるだろうと思って。だからあんな、あれ、なんていうんだっけ、上にヒエログリフで文章があって、下に同じ内容の文がギリシャ語で書いてあって。そう、ロゼッタストーン。

言葉には意味があるけど、その言葉のイメージは人によっては感じ方が違います。これは私っていう意味だとさっき言いましたが、アイヌ、あのアイヌって言葉も私という意味なんです。それはイヌイットもそうです。エスキモーって言葉がありますが、彼らを見た人が言ったのがエスキモー、彼ら自身は自分たちのことをイヌイットと呼ぶわけです。自分、私、人間とか、そういう意味ですよね。

いろんなところに私っていうのがあって、それぞれの人生があって、生まれた場所があって、死ぬ場所があって、この途方もない宇宙の中に生まれて死んでいくわけだけど、その中で何回も同じような馬鹿げたことを人間っていうのは繰り返したり、同じように生まれて、思春期だったり、だんだんと成長して。高度経済成長期の日本は大変汚れましたよね、国が。隅田川なんて大変な場所だった。いまは、ねえ、きれいになって。

でもいま、汚れつつある国もあるわけで。おんなじようなことを人間は繰り返します。

自分の人生の中でもそうじゃないですか。そのとき見聞きしたり感じたりするビジョンというものは、だから一元的に人生はずっと継続して繋がっているんだけれども、今日、この朝に何かを食べたり人に会ったりしたこと、それと、たとえば明後日旅行に行ってみたときの感想って、違うものが映っているはずです。絵としての統一感がないんです。なぜかというと、コロナ、このすごい状況。おそらく簡単には収束しないということはだんだん人類も分かってきている。下手するとスペイン風邪のような状況です。どうやってウイルスを殺すかとか言っている人がいるけど、ウイルスというのは、細菌とは違っていますよね、生きていないんですから。細胞をもたず、自分で増殖できないわけだから、生物の基準を満たしていない。ウイルスは基本的には生きてない、だから殺せないんです。コロナのようなRNAウイルスであれば、ヌクレオチドの連なりがあって、その周りをタンパク質で合成される殻が覆っているだけのものです。

ウイルス学はタバコモザイクウルイスの結晶化で始まりました。僕なんかは子供の頃、川喜田さんという人が書いた『生物と無生物の間』って本に感銘を受けて、つまり結晶、というか僕は結晶をつくったりするのが好きなんです。中には分子量の大きい、たとえば味の素なんかありますね、グルタミン酸ナトリウム、ああいうものは顕微鏡で見るとすごい綺麗な多面体の結晶ですよ。ウイルスは大きい結晶体にすることもできなくはないわけです。結晶になるイコール生きてないというのは学会の規則で、デオキシリボ核酸の二重螺旋構造を最初に発見したのはアメリカの三人、ノーベル賞貰いましたけど、ワトソン、クリック、ウィルキンスですね。でも本当はロザリンド・フランクリンという女性の結晶学者がいた。彼女はデオキシリボ核酸を結晶化しようとしていて、X線をあたえて周りに反射する、その時の光を写真におさめて、あれが二重螺旋構造であるということがわかったんです。三人は彼女の写真や研究データを使ってノーベル賞です。フランクリンはそのときにはもう癌で死んでました。研究のためにX線浴びすぎたらしいです。

RNAとかDNAとか、それ自身、生きてるか死んでるかっていうと学術的には生きてない。人間のゲノムを解析していって、その解析の先にメンタルがどこにあるかっていう問題、いま人間のゲノムを構造体として深いところまでやっていると思うんだけれども、結局、生き物があって、その中枢に至るところは結晶なんだって言われちゃうと、あるいは生きてないんだって言われちゃうと、生きるってこと自体は何かとか、悲しい思いしたり楽しかったりする、人間の気持ちっていうのは一体どこにあるのかっていう、そういう問題になると僕はずっと思ってた。展覧会をやるときはいつもテーマを決めてる。今回は何々とか、そうだな、女性の何々とか、光物とかね。だけど理屈じゃなくて単純に色が綺麗とか、そういうことなんだ。やっぱりその、自分の落ち込みを砕いて。いま、こうペラペラ喋っていて、大体こうやってペラペラ喋る奴ってね、人を楽しませない、というかね、人を憂うつにさせる話が得意なんですよ。人間は、生きてるって何なんだ、って話をね、深刻に最終的に、決着してわかるなんてないじゃないですか。もう百年後には誰もいない、ここにいる人は。誰もいないんですよ。

あの絵は、自分では限界だと思ってるんです。こんなめんどくさい方法で絵を描くというのは、何年もできるもんではないです。ほら見てください、この色。こういう青い石がどこかに転がっていて、粉にして描くったって、そんな簡単にはいかない。だから青でも赤でも、人間は何千年っていう時間かけて、ここに来るまでやってきてるんで。僕の場合、全部天然顔料使ってるんですよ。どこにでもこんな青、あると思うじゃないですか。無いんですよ。僕も十五グラムしか持ってない。アフガニスタンのラピス。ほんとにいいものは黒い色をしてますよ。みんながアクセサリーにしてるあの青いのはね、チリの安いやつを、パワーをもらえる、なんてやってるけど、あれは粉にしたらグレーにしかならない。アフガニスタンの本当にいい単結晶のやつ、それを粉にすると、やっと青いんです。

あのでかいやつは下に三枚、絵が眠ってる。売れないですから、あれくらい大きいと。仕方がないから上から重ねて描いたわけで。この画集をつくったのは三十年前で、ここにその前の絵が載ってる、これを潰した。いや、この絵は結構好きだったんですけど、売れなかったんでね。絵の下のところに電源が繋がっていて、こっちの卵に灯りがついたんですよ。だから多少、下の絵のマチエールが残ってる。僕らの時代、マチエールとかメチエって言葉がね、その、マチエールがどうのこうのってよく言ってた。このあたりの色はコバルトバイオレットクレールと言って、いまはもう売ってない。ヒ素が入ってるんで。僕は持ってますよ。若い時から全部つぎ込んでたから。

向かいの絵はマンガニーズブルー、僕が一等好きな色です。これも手に入んない。そっちはカドミウムレッド。だからもう色数なんてね、二十種類くらいしかないのに、みんな適当に名前をつくってどんどん増やしますから。たとえばブルースカイブルーとか。だけど実際そうはいかない。そんな簡単に、青空の青ってわけにはね。

この絵はグラッシュっていう、ルネッサンスからバロックの時代の技法で描いてる。絵具を混ぜるのではなくて、上から塗り重ねていって色をつくっていく。ここのところは、茜っていう植物あるでしょ。あの茜からとるローズマダーってやつで、いいものなんだけれども安定性に多少欠けるんで、部分的に使ってるんです。

そっちの白は牡蠣の殻を使ってる。瀬戸内の牡蠣の殻を粉砕した白なんだ。白にするとしてもあんまり白いとちょっとな、と思って、逆に黄ばんでいるというか。牡蠣の殻の、そういうところがいいんです。

あの部分は純金です。純金を塗り込んでる。金じゃないと、真鍮だとあとでやけてきちゃうから。こっちは鉄板の上に描いてる。でも鉄板は錆びるから銅メッキしてある。銅に対してはこの色しか使えない。

今回は本当に、持ってる絵具をありったけ使った。だからこれくらいの大きさまでしか描けない。絵には全部意味があります。僕、絵の一つ一つに二時間講釈しろって言われたらできますけど、聞いたら即、ああ、この作品好き、ということになるわけじゃないですから。

絵の内容、それは怪物です。僕はノルディックの、まあケルトもそうです、昔の神話、日本の古事記とか日本書紀、ウエツフミ、上の記と書きますが、そういう神話が前から好きで。古い書物には色々な神が出てくる。

宗教においての神、それぞれの神がいるわけで。でも信じるものが、これが自分にとって大事なものだと思えばそれがジンクスであれ、神であれ、私のお守りってこと、あるわけでしょ？　閉塞した時代でも何かが自分を守ってくれるっていう、そういうものが一つでもあれば。絵はだから、そんな存在にもなりえるんです。つまり絵というのが単なる鑑賞や投機の対象になるんじゃなくて。背景にいろんなことが実はあって、一つの絵になってるんだってことを、だから僕なりに、できる限りのことを今回はやったんです。

話すとキリがないですよ。ただね、面白いこと、樹脂ひとつ、石ひとつ、それを昔、何にもないところから拾ってきて、砕いて、絵にしていくわけですから。たとえば画材店に行ってね、この色欠けてんの？何やってんの？なんて言ったりしてるのとか、そういうのとは違うんです。ネットのサイトを見て、何があるかなあ？みたいなんじゃないから。そこに必然性がないと、もう絵なんか描けないんですよ。どうしてもこの色っていう。ウルトラマリンは、金より高いです。金なんて。金で全部覆った方が安いですよ。ウルトラマリンはそういうわけにはいかない。

私、これでヒーリングされてるんですって、そういうこと言ったりするでしょ？　鉱物から癒されるなんて、そんなことは、まあ、実はないとは思わないんですけどね。やっぱり気持ちはわかりますよ。科学的には証明できないとしても。

僕は結晶とかつくるのが好きで、二つの結晶がだんだん近づいてしまうことがあるわけです。離れていたのがだんだん近づいていくっていうのを何回も目にしているんです。科学的に考えると、そんなことはあり得ないわけですよ。

でも僕はそこに分子間引力というものがはたらいてるって気持ちはあるんです。一フェムトメーターくらいなもんです。一フェムトというのは十の十五乗分の一くらい、その距離に対して、相互作用を持ってるだろうと言われているわけです。一方で地球の三十八万キロメーター離れたところに月があって、地球の引力とお互い関係しあって、ずっと回っている。

僕が不思議だと思うのは、結晶に全く意思がないと言えてしまうこと。あのRNAウイルス、あれになんの意思もなければ単なる物、めちゃくちゃに細かい砂粒って言ってるようなものでしょ? ミミウイルスっていう、もっとでかいのがあります。つい最近同定された巨大なウイルスです。自己増殖みたいなシステムを持っている。こうなるといよいよ、生きていることと死んでいることの境界が見えなくなる。ミミウイルス、いまのところは無生物の目的性。そうすると僕はなんとなく、互いに接近する結晶の意思のことを思います。

前はほら、あなたと初対面だった頃は、僕は対人恐怖があるから話ができなかったんですね。それが今日はちょっと喋り過ぎましたかね。宗教についていうとグノーシスの考え方に興味があるんですけど、この話をするとみんなを眠らせるだけなんで。

木片

その日は一人でゆふさんの家に向かった。

祝日で仕事が休みだったから、ライ美に頼まれてゆふさんの絵を二枚、私が引取りにいくことになったのだった。新幹線に乗っているあいだも胸の疼きは続いていた。静岡駅前の営業所でレンタカーを借りて、高速道路で波津の海を目指した。秋晴れの朝だというのにどことなく翳りを感じるのは、たぶん外の風景のせいではなかった。

ゆふさんは昼食をつくって待っていてくれた。前に来たときと同じように、お品書きまで用意して。左下に蝶々の挿絵が入っている。「れもん色の蝶々がいます。毎日」と書いてあった。

庭の芝生の上にテーブルを出して、そこでお昼を頂いた。浜名さんのお米をつかった玄米ご飯、たまご巻き、にんじんしいたけ煮、里芋の味噌汁。ゆふさんの料理を味わいながら、庭の草木を眺めていた。

「自分が好きなものを植えても、生き残るのは生き残るし、ダメなのはダメになるから。ここの土地にあうのだけが残ってる。ローズマリー、レモングラス、今年は唐辛子がたくさん。あの木はイチジク、向こうのはレモン。お芋さんが結構とれた。お芋さんを掘っていて、ライ美さんのことを思い出したよ。ライ美さんが好きだって言ってたから。お土産に持って帰ってね」

それからデザートにスイートポテトを焼いてくれた。お品書きにはレシピもついていた。この庭でとれた紅あずまに豆乳、ひまわり油、シナモンを加えて。

「菜園の土は、何かしてます？」

「野菜くずだけ入れてあとはなにも。だから大きくはならないんだけど、まあいいやと思ってる」

ゆふさんはやっぱり裸足だった。私も靴下を脱いで芝を踏んだ。裸足で土の上を歩くのは、もしかしたら前にここにきたとき以来かもしれなかった。

「このあいだ、三日間続く台風が来た。四日目の朝にようやく晴れたんで、わーいって裸足で砂浜に行って、一歩、二歩、三歩、四歩目でグサって足の裏に、流木の古いのが刺さっちゃった。その時に病院で、もう一回破傷風の注射しといたほうがいいよって言われた。ほんとに大変。鉄とかと違って有機物はレントゲンに写らないんだって。これ以上調べるなら手術しないと、って言われた。そのあと個展があったから結構移動しないといけなかったんだけど、駅のホームの階段が登れないくらい痛かった。きっとまだ木のかけらが入ってるって思った。絶対おかしいって。走ったりしても出てこない。トランポリンを一生懸命やったら出るな、と思って。ほら、トランポリンって足の裏からドン、ドンって刺激するでしょ？　そしたら、出ました。足の裏から入って、甲の方の、ここ、親指と人差し指のあいだから。内側から膨らんできて、ポチッと弾けたからピンセットでひゅっとやったら出てきた。幅4ミリ、長さ2センチ」

私は足から出てきた木片の形を思い浮かべた。細長い、硬く締まった焦茶色のかけら。

そのあと茶碗を片付けて、家の前の海に向かった。前のときと同じように波津の海は広々として、ゆったりうねって浜辺に打ち寄せていた。ゆふさんは背筋を伸ばし、勢いよく腕を振って砂浜を歩いた。

「内転筋と中臀筋を意識して、こうやって歩くでしょ。裸足だから自分の足跡がつく。それを見るとわかる、今日は骨盤が外捻転して、左の親指がちょっと開いてるな、とか。足の指で砂をつかむような感じで歩くと、足底筋が筋肉痛になる」

私も真似して歩いてみた。

「いい！　ほら、足跡、私より砂をつかめてるじゃない」

そう言われると変に意識して歩き方がおかしくなってしまった。

浜にはたくさんの足跡が残っていた。靴のもあれば裸足のもあった。小さな子供の足跡も。まだ新しくてくっきり残っている足跡と、時間が経って消えかかっている足跡。複数の曲線が、ときどき交差しながらずいぶん遠くまで続いていた。

ライ美に泥だんごをつくって持って帰ろうかとも思ったが、結局やめておくことにした。手のひらに握った土というか湿った砂を、波打ち際に向かって放り投げた。

しばらく浜辺を散歩して家に戻った。ゆふさんがつくった木の椅子に掛けてコーヒーを飲んだ。壁際の机の上にノートが何冊か重ねてあった。

「ツバメノート。いつもこれを使ってる」

一番上の一冊はまだ何も書かれていない新品のノートだった。

「今日からちょうど新しいノートになる。絵日記と夢日記を、一緒くたにして毎日つけてる。こういうのを見たっけなあって見返したりして」

私はいつも夢を忘れてしまう。ライ美は今朝、起き抜けに「木を引っこ抜く夢を見た」と言った。

「砂漠から」

「砂漠？」

「海に続く砂漠。……砂浜」

そう言ってまた寝息を立てた。

梱包された絵を受け取って助手席のシートに載せた。帰り際、「ライ美さんに」と芋やらイチジクやら、たくさん土産を持たせてくれた。私は浜で拾った丸石を一つ、砂を払ってバッグに詰めた。

ゆふさんは家の前の道路まで出て見送ってくれた。バックミラーに映るゆふさんは、両手で大きな弧を描いていた。

レンタカーを返したあと、駅前の横断歩道で信号待ちをしていた。車の往来が激しかった。男が一人、道の反対側に立っている。彼は肩にかけていた黒いバッグからカメラを取り出した。上空に向かってカメラを構え、何かを捉えようとしていた。レンズの先に目をやると、白いビニール袋が宙を舞っている。袋は風に煽られて、右に左に揺らめいていた。

第二章

土星装置

小田原の国道から一本入った住宅街に白い三階建ての家があった。蔦に覆われ、門前の樹木と一体化して輪郭が曖昧になっている。小林健二・里香と表札が出ていた。昼過ぎに着いて手前の空き地に車を停めていると、中から小林さんが迎えに出てきてくれた。柿色のジャンパーを羽織り、眩しそうに目を細めている。笑顔とはいえない微妙な表情で「どうもわざわざ」と言った。

「向こうの建物はアトリエですか?」

家の奥に二階建ての別棟があった。

「あっちは二年前に建てたんです。見ますか?」

小林さんはそう言って、車から降りたばかりの私たちを早速案内してくれた。

別棟の内部は吹き抜けになっていた。号数の大きい絵や高さのある立体作品が詰め込まれていて、作業をする隙間は見当たらない。ほとんど倉庫と化していた。

「ものが多すぎて、片付けようとは思ってるんだけど」

部屋の奥の階段を登ると、その先にロフトのような空間があった。飾り棚が並んでいて、中には小物が詰まっている。薬瓶、木彫、岩石、ラジオ、試験管、秤、貝殻……。置いてあるものはどれも年季が入っていた。隅にベッドとソファがあって、壁に一枚の絵が掛けられていた。鉛筆で描かれたラクダの絵で、思いに沈んでいるかのような、あるいは惚けているかのような。首から先が異様で、むき出しの椎骨の先にペーパーフラワーが咲いていた。

私たちは階段を降りて、小林さんの後に続いて母屋に入った。

母屋の一階もアトリエで、こちらはかろうじて制作のためのスペースが確保されていた。室内はもので溢れている。壁一面の棚は全て小林さんが自作していた。引き出しは真っ白に塗ってあって、おもてに1、2、3……と手書きの数字が記されている。引き出しは97番まであった。絵の具、溶液の瓶、絵筆、砥石、工具、紙やキャンバスや木材、各種の金具、工作機械。部屋には作業台が三つ並んでいた。その上にも画材がこぼれんばかりに積んであった。

私たちは真ん中の作業台を囲って座った。

「こんなに散らかったところに、ちょっと恥ずかしいんだけど。前のアトリエなんかは綺麗にしてたの。最近は体が動かなくて。全然片付けられなくて。だからもう、今日はありのままを見てもらおうと思ったんです」

雑然としてはいるものの、そこにはある種の秩序が成り立っていた。左右の窓から差し込む光が使いかけのチューブや紙箱を照らしている。美しいと言うこともできた。彼はしかし私の印象を受け入れなかった。

「何がどこにあるかもわかんない。ここの他にも近くに一つ、倉庫を借りていて、そっちもまるで片付かない。五十坪あるわけよ。ほいでごっちゃごちゃで、いままで拾ったりしたものとかもあるし。これを捨てるか捨てないか、でもこれを捨てるんなら全部捨てるな、とかさ、そしたらもう全然」

里香さんが日本茶を淹れてくれた。小林さんはデルカップ、50㎖入りのカップ酒を飲んでいた。

「ここのところもう二ヶ月くらい、一歩も外に出てなかったんじゃないかな。さっき久しぶりに外の空気を吸った。……あの、ちょっと僕、ビビっちゃうんだよ、人が多いと」

人が多いとはライ美と私の二人のことを言っているようだった。

小林さんと会うのは三回目。ひとまわり以上歳下のライ美と私を相手に、少なくとも小林さんが緊張しなければならない理由は見当たらなかった。

「対人恐怖で。子供の頃から内省的ではあったんです。絵って、黙って描くんです。笑いながら絵を描いたりはしないので。歳取って、五十を過ぎた頃からかな、特にひどくなって。六十過ぎてもっとひどくなったけど、みんなほら、友達でも、六十五っていうと退役、引退、定年?だから、まあなんつうか……普段、僕はここにいないんだ。三階のベッドで横になってんだ、ずっと」

見渡すと棚の上の方に土星装置が置いてあった。

「ボディが水色の土星装置は初めて見ました」

「あれね。水色はあれ一個だから」

土星装置は年代物の無線機のような無骨な外観の作品で、正面のスコープを覗くとホログラムの土星が青白い光を放ちながら回転している。小林さんは装置の全てを自作していた。使われているネジ一つまで、自ら加工してつくっていた。ライ美が宇宙に興味を持っていることを伝えると、小林さんは「ちょっと待って」と身を乗り出した。

「それだったら宇宙の話が一番、お話したいと思いますね。でも、そういうことちゃんと話したいんだけど、いつも僕、話が長いわけよ」

実際、小林さんの宇宙の話は長く続いた。里香さんは傍らに座って何も言わずに頷いている。小林さんはときどき気にして「こんなに話して本当に失礼だなと思うんだけど、人との接し方がうまくいかないっていうか」とか「こんなどうでもいい話をして」とか「むしろ緊張しすぎちゃって、僕、何言ってるかわかんないね」などと言って詫びるのだった。「僕はね、重い話しないで軽く、プログレだったら誰がいいよね、とかなら全然あれなんだけど、何か宇宙の話だって始めちゃうと、いままで読んできた本だとか、全部繋がっちゃうんだ」「ちょっとだけ話させてよ、僕、落ち着くから、ちょっと話したいことが中途半端になるんで」「これでもう静かにしたいけど、ただ僕が言いたいことは、本当はここから先にあって」そんなことを口にしながら、小林さんの語りはずいぶん遠くにまで広がっていった。

擬態

健二の父親は刀鍛冶で、工房ではねじり鉢巻、作業が終わると手ぬぐいを首にかけて、雪駄をひきずるようにして家に帰った。ガラガラと引き戸を開けて、玄関にしゃがんでいる息子を見下ろす。健二は庭先で捕まえたカミキリムシをつついて遊んでいた。カミキリムシはタイルに足を滑らせながら、健二の手から逃れようと必死にもがいていた。父は手ぬぐいを手に取って汗をふき、しばらく息子を眺めていた。九歳の健二の愛想笑いを。痩せ細った息子の青白い手足。息子は半年ほど前から様子がおかしかった。この年代の子供がろくに食事を取ろうともせず、日に日に痩せ細っていく。刀鍛冶は息子の引きつった笑顔を見つめる。その目は母親によく似ていた。息子は刀鍛冶にはならないだろう。

「明日、科学博物館、行くか?」

健二は立ち上がって「行く」と答える。

父はいくらか安心するが、なおも何かをうかがっている。

一九六六年当時の泉岳寺界隈は近世の面影を残していた。敷地は広く、手前に平屋の母屋が、奥に二階建ての工房があった。家と工房の間に野っぱらがあって、健二はそこでバッタを捕まえたり、蟻の巣をほじくり返したりして遊んでいた。工房には七、八人の従業員がいた。父以外は皆、上下水色の作業着で、彼らは弟子というより下町の職工といった風情だった。健二は彼らを下から見上げた。皆逞しく、巨大に見えた。

日曜の昼前、父は洗面台の前で櫛を通し、ワイシャツのボタンを留めて袖を捲った。

「お兄ちゃんも一緒に」

と母が言うと、父は即座に、

「いや、健二だけだ」

と答えた。

母は不思議がっているが何も言わない。おそらく何も気づいていない。

泉岳寺前から上野までは電車一本で行けた。父は手を引かなかった。その代わりときどき、横にいる健二を見下ろした。健二にとって上野にある科学博物館はほとんど楽園に等しかった。一人で都電に乗って移動できるのは泉岳寺前から上野まで。彼は科学博物館に行きたいがために電車の乗り方を覚えた。一人で電車に乗れるようになってから父と一緒に行くことはめったになくなっていたのだが、今日はなぜ二人なのか、健二は疑問を抱かなかった。

ついてすぐ本館の階段を駆けのぼった。二階に上がった正面のところに『進化と適応』のコーナーがあった。健二は博物館に来るたびに多くの時間をそこで過ごしていた。擬態に関する幾つかの展示物。コノハチョウは虫食いの跡まで再現している。枯れ葉に紛れる蝶の写真。ナナフシは枝を正確に模していた。鳥に喰われまいとして、風に揺れる様まで表現する。毒のある蛾に擬態した毒のない蛾。それにハナカマキリ、ランの花に姿を似せて、間違って寄ってきた虫を捕食する。

ポジフィルムのスライドがガシャンガシャンと一定のリズムで、スクリーンに蛾の写真を映し出していた。ロンドンにはその昔、白い蛾と黒い蛾がいました。映画字幕のような字体の解説文がさしはさまれる。産業革命による排気ガスでロンドンの木々は全て黒ずんでしまいます。白い蛾は目立ち過ぎて、全て鳥に食べられてしまいました。だからロンドンの蛾は、いまでは黒いものばかりです。

健二はその解説を信じなかった。たまたま生き残った奴らが幹の色とそっくりに、枯葉や枝とそっくりになっていたなんて、あまりにも都合が良すぎる。皆、そうなろうと思ったからそうなったんだ。自分が外からどう見えるかわかっていて、それでちょっとずつ似せていったんだ。鏡を見たことがあるわけでもないのに、一生懸命、隠れようとして。科学館にはいつもノートを持っていった。健二はコノハチョウの絵を描いた。ナナフシや蛾の絵を描いた。気づけばずいぶん経っている。ここではいつも、あっという間に時間が過ぎた。

「帰るか」

と父が言った。

健二の頬がかすかに強ばる。科学博物館を出て父と一緒に電車に乗りこみ、窓の外の電信柱と行き交う車を眺めた。泉岳寺前の停留所から路地裏の道をとぼとぼ歩いて家に向かった。父はときどき立ち止まり、振り返って息子を待った。家まであと少しというところで工房から作業着の男たちが出てくるのが見えた。彼らは作業を終えて近くの食堂にでも向かっているようだった。汗を拭いながら健二のいる方へ近づいてくる。健二はその場に立ち止まった。父がしゃがんで、健二の耳元で何か言った。父は息子に訊ねていた。夕暮れ時で、空は紅色に染まっていた。健二は前方を指差した。作業着のうちの一人の男。べンさんと呼ばれる、腹の突き出たあの男を。父はもう一度確かめる。健二は指差したままはっきりと頷く。

父が突然駆け出して、ベンさんにつかみかかって腕で首を固めた。周囲の男たちに何か叫ぶ。彼らは血相を変え、ベンさんの手足を抑えて引きずるようにして工房に入っていった。

半年前、冬の寒い日にベンさんは駄菓子を餌にして健二を誘った。工房の隅の資材置き場に。工房には他に誰もおらず、ベンさんはいつものように笑っていたが、普段とは明らかに様子が違っていた。以来、ベンさんは度々資材置き場に健二を呼びつけた。

空がさらに赤みを増して、やがて暗がりに変わるまで、健二は道に立っていた。工房の窓から漏れる灯りを眺め、全速力で家に帰った。母は黙って息子を抱きしめた。それから台所にいって料理を始めた。

夜遅くに思いきって工房に向かった。中には一番若い従業員のタッちゃんだけがいて「ああ、健くん」と笑顔で言った。健二は返事ができなかった。電球の光の下、床に張り付いている奇妙な肉塊に目を奪われていた。人差し指と親指が繋がった手の一部が、コンクリートの床に落ちている。中指の脇から親指の付け根にかけて、スパンと切り落とされた人間の手。その周囲には黒々とした血痕が、世界地図のように広がっていた。

「変なもん見せちゃったなあ」

タッちゃんは手ぬぐいで肉塊を拾い、包んで奥に持っていった。

途中で振り返ったタッちゃんが、

「あいつはいなくなったから、何にも心配いらないよ」

と言った。

ベンさんが今頃海に沈められるか山に埋められるかしていることは、子供ながらに理解していた。

砥石

アトリエの中央にアクリル板でつくられた何かの装置が置いてあった。中は液体で満たされ、圧力計や何本かの管が外側の機械とつながっていた。

「これは石に油を染み込ませるためにつくった装置で、このポンプで内部を真空にして、油の中に閉じ込めているんです」

小林さんはつまみを回し、装置を開けて石を取り出した。

「いや、こういう話だったら、例えば砥石の話とか、各論的なことなら結構言えるわけさ。あとは工具の話をすると、僕もわかりやすく、ああ、なんだ小林さんってまともな人だったんじゃないですかってぐらいまで、話したりもできるわけ」

小林さんは立ち上がって壁の棚に近づいた。そこにはたくさんの砥石が並べてあった。

「これはアーカンソー州の砥石なんだけど。この透明度、わかるかな？　アーカンサスっていうのはこの珪藻母岩の上に水晶がたくさんできる。昔は露天掘りとかで、みんながよく知ってる透明な水晶、あれは大体アーカンソーのもの」

　砥石から額縁作りの話になり、続いてブラックホールの話になった。

「ブラックホールは観察もされてるっていうけど、あれはX線によって観察されてるだけで。一応それがあるはずだというので、最初にパルサーであったり準星であったり、そういうのが見つかった後で、ブラックホールは言ってみれば論理的に発見された。想像を絶する話だけどそれが本当にあるんだとしたら。いま、この瞬間にも、光も抜け出せないくらいの重力場が実際、宇宙のいたるところに存在してるっていうのは驚くべきことで」

ラクダ

一九七三年のよく晴れた春の日曜日、小林健二は井の頭公園の手漕ぎボートに乗っていた。高校に入ったばかりの十五歳の健二はオールをあげて、ただ湖面にゆらゆらと、花弁のように浮かんでいた。やがて眠気がさしてきた。彼は光の夢を見た。それは宇宙の始まりの夢だった。隠された真実を目の当たりにした気がした。夢はあまりにも真に迫っていて、自分が生きている世界よりも、むしろ夢の方に現実味を感じた。

その夢は健二が最近科学雑誌で読んだ宇宙創成の理論を否定していた。全ての物質がある一点に集まっていた、雑誌にはそう書いてあった。そこでビッグバンが起きてこの宇宙が始まったのだと。健二にはそれがもう全くの虚構に思えた。そんな馬鹿げたことを言ってしまったら、常に宇宙の外側を考えなければならなくなる。この爆発の外側は何なのか。本当の始まりの物語を、夢は健二に示して見せた。

最初に光しかない世界があった。どこまで行ってもただ光だけ。光は質量を持たない。全て光の世界とは、何も存在していない世界。その光しかない一部からある凝集が始まって、ほんのわずかな質量を帯びる何らかの存在が誕生する。光の凝集は素粒子になり、さらに集まって原子に、そうして様々な物質が生まれる。こうして「ある」が始まった。「ある」は爆発的に広がっていく。爆発は「ない」から「ある」へのドミノ倒しで、その広がりは完璧な真球だ。光の世界に拡大する真っ暗闇の真球。

夢の中で彼は真球の中にいたのだが、同時に外から眺めてもいた。光だけの世界に立ち、固唾をのんでそのときを待つ。ところが何も起こらない。彼はその時点でそれがなぜかを理解してもいる。「ない」にいる限り「ある」の姿は目視できない。「ある」は爆発というより爆縮する。ゼロ起点にとどまったまま、どこまでも内側に広がっていく。

目が覚めた後、ボートに寝転がったまま空を眺めていた。もうまともには生きられないと健二は思った。勤め人として会社に通ったり、帳簿をつけて報告したり、そんな当たり前のことができない人間になってしまったのだと、彼はすぐに悟ったのだった。そうして絵筆を手に取った。

健二は最初にラクダの絵を描いた。ラクダにはコブがあり、脂肪が詰まっていて熱から身を守っている。ラクダは頭が小さい。人間のように悩む脳がないのに、生きているという自覚があるのだとしたら。健二は描き上げたラクダの絵を長いあいだ見つめていた。土台、人間とは何なのか。人間は自己を意識する。どんなに仲良くなったとしても他人とは一緒になれない。自己というものには範囲がある。例えば手の指。これは自分の指だ。これを切り落としたとき、それはかつて自分の指だったもの。手を切り落とせば、その瞬間から、かつて自分の手だったもの。もし自分の身をどんどん切り込んでいったとしたら、一体どこまでが自分なのか。健二は観念の底に沈んでいって、以来、長らくとどまっている。

マウス

小林さんが見た夢の話にライ美は深く頷いていた。

「私も十八歳くらいで、経験というか体験というか。それこそ、この世の始まりを考えていたときに、時間と空間をなくすっていう経験があったんです。この世がなんなのかが一瞬にして。そのときに……えっと、普段ならもっとうまく説明できるんだけど。そのときに全てのものと、全ての私と、私じゃないもの全部が一緒になって、それで時間っていうものもないってことを瞬間的に知ったみたいな、経験したみたいな。いつもレコード盤に例えるんです。私って、生きていて、時間が刻々とすすんで、いま三十六歳なんですけど、三十六歳のときと、十歳のときと、ゼロ歳のときと、今後、五十歳のときとかあるかもしれないじゃないですか。それが本当は同時に存在してるってことに気づいたというか、全部が同時になったんです。自分が生まれてくる前の時間もあわさって。自分でもびっくりしたんです。普通に一人で、部屋で机に向かっていて。机の上のコップを見てたら、このコップって何?って、わからなくなってきた。それでコップは、ないなって分かった。世の中には時間があるようで本当はなかったし、空間とか他の人とか、全部ないのを経験して。いま、私たちがどういう状況なのかを説明するときに、ほら、レコード盤って例えばここのあたり、針で音楽がなってる瞬間ってあるじゃないですか。でもこっちとか、ここととか、レコード盤全体では、なんか一個じゃないですか。みんな時間は流れてるように考えてるけど、盤上の一点に私がいまいるだけで、別のところに針を落としてみたら、そこにも同時にいるんです」

運命論かとも思ったが、ライ美は少し苛立った様子で「いや、違うって」と否定した。
「そのとき上からレコード盤を見たって言ったら変なんですけど、全部一緒くたに経験したんです。夢でもない。時間がどれくらい過ぎてたのか、はっきりしない。数分間くらいだったかも。集中してるときでした、やっぱり。薬もやってないし、お酒も飲んでないし。そういう体験したことあるってみんなが言うときは大体ドラッグなんですけど、ドラッグじゃないんだけどなって。すごい考えて突き詰めたときに、というか。もう一回あの経験をしてみたいと思っても、できないんです」

ライ美は自分の説明に納得がいかず不満を感じているようだった。小林さんは彼女のもどかしさに共感を示した。

「だからその経験をしたときの様子をさ、僕も自分で説明しようとして思い出すんだけど、言えば言うほど遠ざかっていく。説明するには合理的じゃないといけないから。綺麗な花を見たって言っても、どんな風に綺麗かって、見てない人に話すのは難しい」

何かの気配を感じて後ろを振り返ると、二階に続く階段の途中に一匹の白い猫が座っていた。「マウス」と小林さんが呼びかけた。そんな名前がつけられた猫にはいままで会ったことがない。マウスは皆に注目されても動じることなく佇んでいた。「彼女はもう十八歳になるからね」。マウスのいる階段の側面にも上から下まで棚板が渡してあって、そこに瓶やプラスティックの容器が無数に並んでいる。容器には顔料や溶剤の名前が細かい文字で記されていた。

「そこらへんは全部、絵具のやつ。こっちも色々、例えば樹脂とか」

ゴッホとゴーギャンの関係の話、よく出てくるけど、彼らの行動とかメンタルとか、逸話ばかりが取り沙汰される。ゴッホやゴーギャンがなんであんなに有名になったかといえば、そこじゃない、つまり弟テオがどうしたとか、そういうことじゃない。確かに、あのテオっていう弟の兄に対する支援は想像を絶することもあるんだけど。ゴッホはオランダ生まれで、フランドル地方の、みんながよく知ってるレンブラント、その技法をついでる。ゴッホの、あれは油絵じゃない、正確なことを言うと。樹脂なんです。樹脂を熱してのばしていってるから、もう、ゴツゴツというか、ぼこぼこというか、そうなっちゃう。マスチックのような樹脂、ゴッホはすごい強い樹脂の系統をキャンバスに塗りつける。そうすると剥落しちゃう、五ヶ月もしないうちに。だから彼は、ブロンシェっていう手作りでキャンバスと絵具をつくってくれる人なんかに特殊なのを頼んでた。まあブロンシェだけじゃなくてたくさん、フランスにも、あの僕もいくつか持っているけれども、古い、横板とかにね、色々、そういう人の名前とか貼ってある。

直接強い樹脂をキャンバスの上に塗ると、収縮率が違うんで滑落する。だもんでアブソルバンっていって、ちゃんと対応したキャンバスをつくらないといけない。どうしても必要なのがフラックス。それで鉛白と油をよく練ったものを、スキージーでこう、専門家が塗っていく。もうそれもいまはやってないかもしんないけど。僕が若い頃、ウィンザー・アンド・ニュートンとかそういう会社がやってた。セリューズ地のキャンバスは三年経たないと出荷できない。フラックスの上に膠と、たとえばフランスだとムードンって、あのロダンが生まれ育ったところの海岸ね、炭酸カルシウムなんですよ、それを練って、塗り込んでつくったキャンバスだと吸い込みがいいんで、強い樹脂をやっても大丈夫。すごい即興的にやって描くということになると、そのキャンバスじゃないと絵が描けない。それを膨大なお金を出して、だからテオからのお金、僕らが想像してるような金額じゃないんですよ、彼の送ってるお金は。それをフランスでつくって、プラス、絵具もつくって。だけど今度は裏返せば、ゴーギャンはゴーギャンで、あの人はイタリア派の流れを組んでいる人で、どうしても人間の肌の色をあったかくしたいっていうんで、バーミリオンを下地に塗って、その上に絵を描いていく。バーミリオンっていうのは硫化水銀です。まあ正確にいうと硫化第二水銀。

HgSっていう、この中のS、遊離硫黄は、シルバーホワイトの絵具、鉛白ね、これを直接やるとPb、鉛の部分とくっついてPbSになって、黒くなっちゃう。それは僕もバーミリオンフランセーズ使って実験してみたことがあるんで。だからゴーギャンはその絵を描くためにバーミリオン塗って、それから完全に乾かすためには、つまりね、硫化水銀塗ったあと三年待つ。彼はフランスに行って絵を描いてましたから、バーミリオンフランセーズっていうちょっと赤みを帯びたやつ、それをつくってる絵具会社ってのが船底絵具の会社。船底にフジツボとかがつかないように、有毒な、特に毒性が高いやつ。そういうものの上に絵を描くから、彼は下地を塗って三年間待った。三年待ってから絵を描く。かたやゴッホは、二十分で絵を描いちゃう。そこには技法が、もう全然違う。その前提が違うっていうのを何にも論じないで、やれ彼は感情的で、やれ彼はどうのこうのでって言うんだけど。一番の根本はその生まれ育った環境と、絵の描き方の技法によって、どうしてもその、二人は議論になるわけ。

いつのまにかマウスは階段から移動して、里香さんの膝の上に乗っていた。マウスが手を伸ばして作業台の上の紙やペン立て、隅の小箱に触ろうとするのを、里香さんが後ろから抱きかかえて制止した。小箱には銀色の短い棒のようなものが七、八本入っていた。視線に気づいた小林さんが中から一本取り出して、私の手のひらにのせてくれた。

「これはいまつくってるクレヨン。銀色のクレヨンをつくるのに、溶かして熱で、マイクロワックスっていう蜜蝋と。蜜蝋も色々持ってるんだけどね。その辺りにあるよ。いや、そっちはみんな顔料。最初は袋に入ってたんだけど、袋だと使いづらいんで瓶に移した。

顔料だったら、セーヌ川ぞいの自動車通りにセヌリエがあるの。うんと大きい画材店。これはセヌリエの顔料。でもねえ、やっぱり専門的なのってめんどくさいんだよ。いまはチューブに入った楽なのがあるし。このクレヨン、こういうのもセヌリエ」

白い横長の箱に二十一色のクレヨンが入っていた。古びたクレヨンの箱はそれ自体が時代の空気を纏っている。蓋の中央にパステラリュイユ、セヌリエ・パリスと記されていた。

「これは四十年前のやつ。で、二十年前にまた買い足したわけ。そしたらこれだから」

新しい方の箱はもう気高さを失っていて、巷で目にする量産品のパッケージと何も変わらない。箱を開けるとはっきりした色の割合が増えていた。

「だから僕はお店に行くと、そこは引き出しになってるわけさ、で、引き出しの中でも一等古そうなのばっかり買ってる。これなんか最も古いタイプ。セヌリエの、四十年以上前の。フランスでクレヨンっていうと鉛筆のことになっちゃうからね、オイルパステル、パステラリュイユ。あんまり保存性が良くないんで。古いのは一番奥の、どん詰まりのところにあります。このクレヨンの場合は、こういう色、売ってないから自分でつくったわけ。銀色の、だけどうるさくない白っぽい色」

そこで突然、ため息をついた。

「というかね、体が動かないんで、どうしたらいいですかね。なんていうの、うつ病の友達がいて、彼女はパキシルなんだけど、お前なんでパキシル飲んでんの？って訊くと、だって飲まないと体が動かないって。ほんとねえ、彼女の気持ちがよくわかる。どこが痛いとか、どこが悪いってわけじゃないんだけど、体が動かない。どうしたらいいのかなってときがあるんですよ。でもどうしてもつくんないといけない納期ってあるでしょ、すると逆に酒は飲まないんです。自然とやめられるのね、長いあいだ。やっぱりねえ、納期があるからさ。無理してでも、情熱をあれして絵を描かないと、作品にならないから。このあいだのなんだっけ、江古田の個展、あのときもそうだった、一つはね、六十色の安いクレヨンを買ったの。そいつを試すのに、まず紙にとにかく塗っていくわけ。そしたらたままクレヨンニスっていうのが広告に載ってた。お子様が描いたクレヨンの絵を保護できますよ、みたいなやつで。それを買って、結構、いろんなものにいけるわけさ。ワックスの上に、あの、曲線面が全然違うから、簡単に言えばテフロンのフライパンの上に絵の具を塗るようなもんだから、でもクレヨンニスでちゃんと塗れたわけ。……何を言ってるんだろうな？　なんかそういうことで持ち上げていかないと。具体的なことで。そのときにちょっとノートに書いたことがあって。ノートどこだっけ？」

里香さんが椅子から立って背後の棚から何冊かのノートを取り出した。いずれも茶色の革表紙で、製本家の里香さんが手作業でつくっている。小林さんは里香さんのノート以外使わない。彼はそのうちの一冊をパラパラとめくり、あるページで手を止めて一節を読み上げた。

「ちょっとすずしい春の朝を想像してみてください。まだ太陽も大地の下にあって、うっすらと照り返しが東の方の風の色を少しずつ温め始めた頃のことです。希薄で清潔な朝の大気がセロファンのように重なって、薄紫色に佇んでいます。そのほとんど透明でいて紫色の、朝の色が、消え紫です。クレヨンくらいの大きさにしてしまうとほとんど何も見えません。でもこの指のあいだに紫色、朝の色があるんだと想像してご覧なさい。また消え紫と影紫という二つの色があって……」

そこで小林さんはノートを閉じた。

「考えて書いているというのとはちょっと違って、最初は意味もわかんない。こういうのって人に見せるものではないからね。こんな夢みたいなのを見て、描くわけさ。人に見られて恥ずかしいことが書いてあるわけじゃないけど。セヌリエの、この四十年前のクレヨン、美しいでしょう？　こういうのでね、どこかで自分を鼓舞するために。普通に使ってたらこんなに綺麗に減らないの。すぐ無くなっちゃうから。だからほんとに必要なとこだけ描いて、あとはティッシュペーパーで一つ一つ、先端を拭いて綺麗にしてる。他にはカンナとか。ちょっとあの、透明な箱さ、持ってきてくれる？」

里香さんが玄関の近くにあったアクリルの箱を抱えて戻ってきた。透明の引き出しが四段ついている。中には小さなカンナがたくさん入っていた。

「例えばさ、こういうのね、全部カンナなわけ。自分でつくったのもあるし。いろんな国のカンナ。作品は売り物だけど、これだけは絶対売れない。本当はこういうので画集をつくりたいくらい。まあいいや。きりがないんで」

壁の時計を見上げると、午後4時をまわっていた。そろそろお暇しようと思い、そう小林さんに伝えると、彼は「ああ、ではまた」と言いながら「じゃあ最後に一個だけ」と話を続けた。「あと十分くらいでも。なんていうのかな、自分が正常かどうかってことは若いうちはそれほど悩まなかったんですけど。段々ちょっと、ぼけてきてるのか。不安症はもちろん、体が動かないってやつ。本当に。眠いわけでもない。朝から着替えることもできない」

別に次の用事があるわけでもなかったし、小林さんの話には興味が尽きなかった。あとはもう流れに身を任せてみようと、すっかり腹を括っていた。

梓書院の本をお買い求め頂きありがとうございます。

下の項目についてご意見をお聞かせいただきたく、
ご記入のうえご投函いただきますようお願い致します。

お求めになった本のタイトル
ご購入の動機 1書店の店頭でみて　2新聞雑誌等の広告をみて　3書評をみて 4人にすすめられて　5その他（　　　　　　　　　　） ＊お買い上げ書店名（　　　　　　　　　　　　　　）
本書についてのご感想・ご意見をお聞かせ下さい。 〈内容について〉 〈装幀について〉（カバー・表紙・タイトル・編集）
今興味があるテーマ・企画などお聞かせ下さい。
ご出版を考えられたことはございますか？ ・ある　　・ない　　・現在、考えている

ご協力ありがとうございました。

郵　便　は　が　き

料金受取人払郵便

８　１　２－８　７　９　０

博多北局
承　認
0612

169

差出有効期間
2024年8月
31日まで

福岡市博多区千代3-2-1
麻生ハウス３F

㈱　梓　書　院

読者カード係　行

ご愛読ありがとうございます

お客様のご意見をお聞かせ頂きたく、アンケートにご協力下さい。

ふりがな お 名 前	性　別（男・女）
ご 住 所 〒	
電　　話	
ご 職 業	（　　　歳）

ゴッサムシティ

バットマンの、なんだか最近の映画とかあるけど、僕はリアルタイムで子供の頃にオリジナルのコミックを読んでた。バットマンってすごい大金持ちの息子なわけ。彼はいつも一人で寂しくて、ほいでいつも逆さに吊り下がって、鉄棒に。そこで世を憂いているわけ。はなから悪い奴をやっつけるための、正義の味方バットマンっていうんじゃなくて。傷とか不満、この世に対する憎しみとか、それがどうしようもなくなって夜になると逆さにぶら下がってるのがブルース・ウェイン。外に出るときに、ほら、大金持ちだから、顔が出るとまずいっていうんで、バットマンにしようって。それまで月を見ては人を憎み、苦しみ。それが段々とギャグ化されて。

僕自身が最初見たときはアメリカのコミック雑誌だったけど、バットマンって決してその、まずバットマンって言葉自体があまり良くないのと、ゴッサムシティって街が舞台でしょ？　あれはつまり神の無い街だよ。フランス語で何々が無い、っていうのはサンっていうんですよ。例えばノー・フィルターっていうじゃん、タバコで。ああいうときはサン・フィルトっていうんです。だからゴッド・サム・シティ、神無し街みたいな。そういうろんな、ネガティブな要素だけだと、子供たちがわーっとはならないじゃん。だけど原作は違う。ブルース・ウェインは世界と断絶してる。ほいでずっと苦悩してる。バットマンは、あれ、本当はブルース・ウェインの話。

僕はこういうことを考える。そういう余地、少しでも先進国にいて、安全な場所を確保して健康でいるなら、この世のことを考えるゆとりというか、そしたらそうするのが務めじゃないか。でもそんな状況にない場合、ヴィクトール・フランクルもそうだけど、死というものを目の当たりにする、自分の目の前で多くの人が亡くなっていくのを見たときに、何か人間の中に、もうギリギリに切迫していて。だから自殺をされた人たちの本とか、死が近い特攻隊の遺書とか、病気を患っていてもう長くは生きられないという人たちが書いたもの。その中に、自分に迫るものがあるってのは確かなのね。

僕は戦争の本もたくさん持ってる。大多数は証言集。絵もろくに描けないような人たちが原爆や、もう人間の、地獄のようなものを見て、だけどそれでも死んでいくときに、少しでも絵として、文章として残そうという人の証言集。ちょっと文章としては、何回か読まないと意味がわかんないような、でも胸を打つものがあるわけ。迫るものが。日本語として成立してなくても意味はわかるみたいな。

どんな芸術であれ、そういうのが根底にあるのか、それともやっぱりテクニックか。僕もね、ただこんなことは職業としての側面に過ぎなくて、本当に僕がこの世に生きていられる一縷の望みというか、生きるのに何か価値があるとしたら、僕が苦しんでること、ずっと苦しんでるってこと。楽しく絵を描いたことなんか正直、ないわけ。まあ、最近はそういうのも少しは。というのも、そうでもしないと生きていけないっていうの？　やっぱりこの歳になって若いときみたいにはやれない。だけどこれは誰かに言っておきたいわけ。

いまは全部、妻にやってもらってる。僕、携帯も持ってないから、いわばマネージメントも全部してくれているような。僕はきっと客観的に見ると依存症なのね。知り合ったのは、僕が十八で、彼女が十七、籍を入れたのは僕が二十八の頃だっけ。だからなんつうの、自分だけだったらとっくにまずいことになってたと思うけど。

トンボ

　健二は都会育ちで、田んぼや畑には馴染みがなかった。空き地は至る所にあった。工事現場、廃工場、スクラップ置き場。夕暮れ時について言えば、他にも一つ記憶があった。小学校に上がって間もない頃の話で、健二は学校の帰りに五、六人の仲間と原っぱで相撲をとって遊んでいた。やがて陽が傾いてきて、あたり一面を真っ赤に染めた。いつの間にか周囲は赤トンボだらけになっていた。夥しい数の赤トンボがてんでバラバラに空を行き交っていた。

　誰かが石を拾って放り投げた。石は赤トンボのあいだをすり抜けて、放物線を描いて地面に転がった。それから皆が石を手に取って、遠投を競い始めた。健二も足元の丸石を拾い、力をこめて、思い切り投げた。それほど遠くには飛ばなかったが、健二が投げた石の上に一匹の赤トンボが降り立った。それからまた一巡し、彼は二投目を放った。石は一度目の石の近くに転がっていった。その石にもまたトンボが止まった。

皆はそれを面白がって、もっと投げろと石を持ち寄った。健二は石を受け取り、五つ六つと続けて投げた。地面に落ちた全ての石の上に赤トンボが降りてきて、健二の方に頭を向けて羽根を震わせていた。

皆は反対に気味悪がった。

「バケモノ！」

健二も自分自身のことを薄気味悪く感じていた。後年、彼はそのときの光景をことあるごとに思い出した。それはベンさんの事件が起きる二年前の出来事だった。それでもあの夕暮れの時間には、ベンさんを指差した日の赤い空が、いくらか混じり込んでいる気がしてならなかった。記憶と感情は前後して、ふいに目の前に現れたり、寝がけに突然からだの奥深くに侵入してきたりした。

鉱石ラジオ

小林さんが執筆した『ぼくらの鉱石ラジオ』は１９９７年、筑摩書房から刊行された。２５４ページの単行本で、帯には「空中にただようメッセージを、自作のごく簡単な回路によってキャッチする。かつて少年たちを科学の不思議と夢に誘った、鉱石ラジオの魅力とその全貌。図版５００余点（カラー多数）」と書いてある。

見開きにアメリカで発売されていたと思しき鉱石ラジオの古いイラスト広告がたくさん転写されていた。ブリキのおもちゃのような鉱石ラジオが、あるいはそれを楽しむ少年の笑顔がノーマン・ロックウェル風に描かれていた。

目次を見ると、鉱石ラジオの盛衰、基本のゲルマラジオ、鉱石ラジオの回路とそのはたらき、コンデンサーについて、コイルについて、工具、同調回路、検波回路、受話回路、昔風鉱石受信機、検波に使える鉱石のいろいろ、といった制作の手引きや原理を解説する章が並ぶ中に、ぼくと鉱石ラジオ、通信するこころ、などのエッセイの章がさしはさまれている。

「はじめに」の二段落目には鉱石ラジオの定義が記されていた。

「鉱石ラジオは、回路の一部に鉱物の結晶を用いた受信機です。英語ではクリスタル・セット、結晶受信機と呼ばれ、どの国の言葉でもどことなく不思議な響きがあるようです。このラジオは20世紀初頭の流転する時代に突如現われ、日常生活に定着するよりも早く、幻であったかのようにいつのまにか忘れられていきました」

続いて「鉱石ラジオの盛衰」。

「ぼくらがラジオと呼ぶ放送局からの電波の聴取をするための受信機は、アメリカやヨーロッパで1919年（大正8年）くらいから、日本では一般的には大正13年（1924年）くらいから製作されたと思われます。JOAK東京放送局（今のNHK第一放送の前身）の本放送がはじまる大正14年……国内の受信機の7割は鉱石ラジオでした。……昭和3年（1928年）には出力を増強して感度のよくない鉱石ラジオで全国どこでも放送が聞けるような事業がはじまります。これは当時、全国鉱石化と呼ばれました。……しかし、昭和4、5年から早くも国産品の増産によって真空管の価格が下がりはじめ、さらにエリミネーター式と呼ばれる新たな真空管式のラジオが市場に出回り始めます。……分離のあまり優れない鉱石ラジオは……急激に生産が減っていきます。……昭和35年(1960年)には、教材用のラジオキットもすべてゲルマラジオへと置き換わって、鉱石式はついに姿を消していくのです」

16ページから35ページまで、鉱石ラジオのコレクションがカラー写真で紹介される。16ページ、米国フェデラル社製、ボディは金属製で表と裏にそれぞれアンテナとディテクターをコイルへ接続する可変ノブがついている、1910年頃のもの。17ページ、日本の戦前のもので、中には金属製のヴァリコンとスパイダーコイルが2つ入っている。19ページ、米国フィルモア社製の赤いベークライトのボディのもの。20ページ、英国製のもので、AM社製の固定検波器のついたもの、10箇所からタップがでていてツマミのついたノッチスイッチで切り替える。22ページ、英国のブラウニーワイヤレスカンパニー社製、1920年のものでナンバー2モデル鉱石受信機として有名なものの一つ、BBCのマークが入っている。26ページ、米国製の学生を対象に作られたクリスタルセットのキット、キットクラフトプロデュース社製（1950年代）。28ページ、米国テレコム社製ナンバー340型、アンテナと検波器がそれぞれコイルのタップにレバースイッチで接続してあり、検波器には方鉛鉱が使われている。33ページ、英国でアマチュアによって1940年代に製作されたもの。35ページ、1925年製の英国ジェコフォン、ジュニアと呼ばれるもの、通常300〜500mの波長に対応しているが、ショートプラグをはずし別売のコイルを差し込むと1600mくらいまでの波長にも対応できる。

「ぼくと鉱石ラジオ」の章では、小林さんが鉱石ラジオに魅せられるに至った経緯が明らかにされる。そもそものきっかけは少年時代、理科の授業でゲルマラジオを工作したときについた嘘にあると、彼は回想しながら自己分析していた。雑に巻いたコイルと適当なハンダづけで形だけ完成したラジオは電波を受信しなかった。「どうです？　聞こえましたか？」先生の質問に、健二少年は嘘をついた。正直者の聞こえなかったグループを尻目に、聞こえた組に手をあげる。

「しかしながら、あの少数の聞こえた組のやつらの、なんて幸福そうな顔。目なんかつぶって聞いているのです。聞こえているはずのぼくは、ねえ聞かせて、と言い寄ることもできずに、つまらぬ嘘をついたことを悔やんでいました」

帯に書いてあった通り、本書には図版が多用されている。79ページから81ページにはコイルの分類がイラストで紹介されていた。ソレノイドコイル、バンク巻コイル、ツイスト巻コイル、無芯コイル、ディーコイル、ピノキュラーコイル、スパイダーコイル、ラジアルバスケットコイル、パドルコイル、単ハニカムコイル、複ハニカムコイル、トロイダルコイル、ウェーヴリングコイル……。

それから回路図とともに細かい原理の説明がなされる。

「通信するこころI」では空電現象について。

「空電は電気を帯びた雲と雲の間、または雲と大地との間に起きる放電や、大気中の電気的変動によって生まれる電波の一種のことです」

クリック音、グラインダー音、ヒッシング音といったノイズがほとんどだが、中には美しく感じられるものもあり、それらはミュージカル・アトモスフェリクス＝音楽的放電、あるいはスライディング・トーン＝滑らかに変わる音、などと呼ばれている。その他に直接アンプで増幅するとシンセサイザーのポルタメントをかけたような音として聞こえるホイッスラーズ・アトモスフェリクス＝口笛を吹くものたちの空電、電子や陽子や重水素イオンが地球の磁力線に巻きつきながら発するドーン・コーラス＝夜明けの合唱、などがある。「高・中緯度の場所で午前中に観測されるもので、ちょうど朝の鳥たちのさえずりのように聞こえることでそう呼ばれます」。

テレパシーの話題から、動物の電磁波を用いたコミュニケーションが例示される。「大きな濁った川に住むモルミルスなどの魚は、体表の側線ぞいにある電気的感受器官でお互いに通信していると考えられています」。モルミルスは体内で1〜2V程度の発電によって放電し、発生する低周波の電磁波で交信している。神経繊維の閾域刺激に必要な電流の10万分の1の電流、「その微弱な電磁波の律動によって、それぞれの愛すべき個体を発見しているのです」。

「通信するこころII」の中で、小林さんは子供たちに語りかけていた。

「実はぼくはそんな効率や結果ばかりにとらわれない少年技師と出会いたいために、この本を書いているのです。モーターや鉱石ラジオ、顕微鏡や天体望遠鏡をとおして天然の持っている力と出会うことで、たましいの本来持っている好奇心を人間の世の息詰まるような規則や限界から解放してくれると信じているからです」

この章では彼の美意識も垣間見えた。

「本当は美しい色という特別なものがあるのではなくて、さまざまな色があるからこそ、そのハーモニーによって生み出される美しさがあることに気づいていくのでしょう」

小林さんは少年のまなざしを信頼し、励まし、また抱擁する。

「少年技師の目は天然の神秘に触れるまで、いやその不思議な力を知った後にも、輝きを失うはずはありません。そしてそんなまなざしは孤独の部屋の住人を誰一人として置き去りにしたりしないのです」

ここでは電波の負の側面、戦争との関係についても触れられている。結局のところ、無線電信電話の進歩は娯楽のためではなく軍事、軍略の目的によってもたらされた。また日本において、少年兵として一番早く生まれたのが通信兵だった。昭和18年10月1日、東京と新潟に少年通信兵学校が創設される。彼らはそこで「戦地へ赴き、仮に死に直面した時でも通信兵は電鍵を握り決して離すな」と教育された。

201ページから212ページにかけては検波に使用される鉱石の名前が列挙される。それらの外観は全てカラー写真で確認できる。方鉛鉱、黄鉄鉱、紅亜鉛鉱、輝水鉛鉱、錫石、アルゴドン石、石墨、モースン鉱……。

「通信するこころⅢ」の小見出しは「奇妙な出土品」。1936年、オーストリア人の考古学者ケーニッヒはイラク国立博物館の研究所地下室で、ある出土品に着目する。それはバグダッドの南西郊外クジュト・ラブアで発掘された花瓶に似た小壺で、用途が確定できずに展示されることなく放置されていた。4500年前の小壺は高さ15センチほどの黄色い粘土の部分と直径3・8センチの銅製の円筒状部分、8センチほどの腐食した鉄棒部分で構成されていた。銅筒は現代のハンダと同じ、錫と鉛が6対4の合金を使ってつくられている。内壁には電解質液が入っていたことをうかがわせる酸化物が付着していた。ケーニッヒはこれらの事実からこの小壺は電池であったと結論づけた。その後、これに似たものはテル・オマールの古代都市セレキア遺跡からも、またケシフォンでも出土していたことが確認された。一般に1796年のヴォルタの電堆が電池のはじまりと言われているが、ケーニッヒの推論が正しいとすれば4500年前にはすでに電池が存在し、電気を扱うシステムが確立していたことになる。彼の論証を裏付ける状況証拠は他にもいくつか。例えば古代エジプトのピラミッドの内部は光が全く当たらないのに、照明に使われたはずのあかりの煤が少しも発見されていない。

小林さんは最後に通信の発展にまつわる人々のこころの問題を取り上げる。システムとその受容について。彼は通信する人間の情動を見つめていた。「あるいはまた南極局地へと観測隊として着任している愛する夫のもとに、その妻が打った電報はたった3文字のアナタというものがありました」。そして次のように締めくくられる。

「ぼくはこの頼りない鉱石受信機に触れていたり、夜風に冷やされた夜の電線を見つめていると、もう一度何かを最初から始めてみたいような気持ちになります。そしてそれはこの本を通じて伝えたい、ぼくからあなたへの通信をはらんでもいるのです」

『ぼくらの鉱石ラジオ』は重版を繰り返し、販売部数は二万を超えたが現在は絶版となっている。ネット上では古書が高値で取引されていた。私は乃木浦さんから聞いた小林さんの話を思い出した。美術界における小林さんの立場は『鉱石ラジオ』のそれと幾分、重なる。80年代から90年代にかけてギャラリーのみならず美術館での個展が頻繁に催され、一身に注目を集めていた小林さんは、やがて身体的な不調とおそらくは内的な切迫の果てに表舞台から姿を消した。ときを経て、小林さんの本質を知る美術家や蒐集家が人知れず小林さんの作品を買い求めているという。

ベニヤ板

高校を卒業した健二は実家を出て、高田馬場に安アパートを借りた。工事現場で働いて、あとは絵を描いていた。美大という選択肢は排除していた。美大の学費は普通科の三倍はかかる。当時、美大に苦学生はいなかった。学費を出してもらえる家の子供たち。健二も貧しいわけではなかったが、家というものをすっかり切り離していた。彼に学費は賄えないし、そもそも集団生活ができなかった。

あるとき、健二は道端にベニヤ板が打ち捨てられているのに気づく。三六ベニヤと四八ベニヤ。四八は1200×2100ミリ、重さは六十キロを超える。健二は四八を持ち帰ってそれに絵を描きたいと思ったが、一人で運ぶには重すぎた。四八は諦めて、三六ベニヤを台車に載せ、どうにか家に運び入れた。

酒を飲んで一眠りして、目が覚めたら部屋の壁に四八ベニヤが立てかけてあった。安酒に酔って朦朧としているあいだに、自力で持って帰っていたのだった。ほとんど記憶は残っていなかった。健二は明らかに酒量が過ぎていた。仲間にはアル中だと言われていた。彼自身、依存症の自覚があった。僕は何にでも依存する。安定剤に頼ったり、酒に頼ったり、ときには人に頼ったり。そうして自分は漂っている。極端なことを言えば、気を紛らわすために生きているような。それでいて必死にもがいてもいた。彼は畳に寝転がった。片肘をつき、眼前にそびえ立つベニヤ板を見上げた。

書庫

生物の定義に関する話題から、小林さんは川喜田愛郎の『生物と無生物の間』を引き合いに出し、その本を初めて読んだときの驚きについてひとしきり語った。彼は「確かそこらにあるはずだけど」と言って腰を上げ、アトリエの奥の書庫に向かって歩いていった。私もあとからついていって一緒に書庫に入らせてもらった。壁面全てが書棚になっていて、ぎっしり本が詰まっている。床には棚に入りきれなかった本がたくさん積み重ねてあった。

小林さんは私のために『生物と無生物の間』を探してくれていたのだが、目に入る本にどうしても興味が移ってしまうようで、次から次へと違う本を紹介した。

「これ知ってる？　『前世を記憶する20人の子供』。イアン・スティーヴンソンって人の本。前世の記憶がないと成立しないようなことが書いてあるんだけど、スティーヴンソンは科学者だから、面白いかといえば、つまんない。こっちはアダムスキー。アダムスキー全集ってのもある。彼が宇宙人からもらった手紙があるんですよ。そこに書かれている文字が非常にユニークで。僕なりに分析して、フェニキアの文字とよく似てはいる。これもすごいんだ、エマニュエル・スウェーデンボルグ。ご存知？　彼自身は面白いかどうかわかんないけど、夢日記、彼が夢に見たものを書いてる。霊界のことなんかもね、全部で十何冊か出てるんで、僕は途中で挫折して。五冊しか持ってない。というよりも、人の夢の話なんて、そんなに真剣に聞けないですよ」

古代文字、鉱物、数学、生物学……。本は大方、ジャンルごとに棚分けされている。彼は指で背表紙をたどった。

「でもあんまり長い文章は読めないんだ。長い文章を読むのに随分と苦労する。宮沢賢治の小説に『あけがた』って短編がある。なんでそれが好きかっていったら、彼の小説の中で一番短いから。本はこんな、たくさん持ってるのにね。考古学。宗教の本。あと歴史のシリーズ。世界の歴史、人類の歴史とか。そのシリーズも第一巻しか持ってない。その先は興味がない。あとは大体、戦争の歴史だから。読むのもそうだけど、文章書くのも得意じゃない」

小林さんが出版した何冊かの本を見せてくれた。中には在庫が一冊だけしか残っていないものもあった。書棚になければ里香さんがどこからか持ってきてくれる。

「ぼろぼろのサンプルならまだある。変な話、みんな売れちゃって。お金のために、自分の分もないくらい。というのは、そんなこと考えないで何でも売ってお金に変えて、作品はね、あの、結局は売るものだから」

脱皮

健二には喘息の持病があった。ある晩喘息の発作が重積して、窒息の末に心臓が止まった。彼はそのとき二十九歳で、個展が重なり昼夜なく描き続けていた。救急車は駒込病院のERに向かった。到着後、すぐにストレッチャーで院内に運び込まれた。目は見えないが周囲の音は聞こえていた。医者が「四十パー切ってる」と言った。続けて「呼吸停止」と声が聞こえる。間もなく「心肺停止しました」。「それでやめますか」と気楽な調子で言っているのも、すっかり健二の耳に入っていた。胸にゼリーを塗りたくられ、突然、バン！と飛び上がるほどの衝撃を受けた。彼は自分がベッドから落下したのだと思ったが、そうではなかった。直後にそれまで止まっていた血が全身に流れ始めた。昼寝から目を覚まして、鬱血していた腕に血流が戻るときのなんともいえない嫌な感じ。それが一気に全身で起きた。いままでに感じたことのない類いの苦しみ。開いていた瞳孔が収縮して、徐々に視力が回復してきた。最初は紫色、やがて白黒のフィルムのような、それから色彩が戻ってきた。

意識はずっと保たれていたが、健二は自分の状態を正しくは認識できていなかった。自覚的には激しく覚醒していて、医学的にはおそらく昏睡していた。ＩＣＵから一般病棟に移されるときに車椅子を用意され、彼は思わず笑いそうになった。何を言っているんだ？いま歩いていくからさ、そう思って起きあがろうとした。ところが体はぴくりとも反応しない。医者や看護師が「ヨイショ」と声を合わせながら健二の体を持ち上げた。彼はようやく自分の体が動かない状態にあることを理解した。

どういうわけか、左右の手のひらの皮が同時に剥がれた。蛇が脱皮するように、下から新しい皮膚が再生した。手のひらの形のまま、古い皮が綺麗に取れた。医者も見たことがなかったらしく長らく首を傾げていた。

彼くらいの年齢になるまでにやはり画家という職業であれば色々な意味で周囲の人間が死んでいった。とはいえ死にかけた経験で変わったことはそんなになかった。唯一あるとすれば、以来自分が覚醒しているのか寝ているのか、それがよくわからなくなった。彼にはもう自分の意識というものがうまくつかめなくなっていた。

神秘主義

「エドワード・ブルワー＝リットン、読みましたか？」

小林さんは棚から一冊引き抜くと、脚立から降りてきて「この中にあるんだけど」と言ってその古びた文庫本を差し出した。表紙には『怪奇小説傑作集』と書いてある。

「ブルワー＝リットンは平井呈一と岡本綺堂が訳していて、岡本訳は『貸家』ってタイトル、平井訳が『幽霊屋敷』。僕は平井訳の方が好きで」

その短編は冒頭に収載されていた。十九世紀に書かれたイギリスの幽霊譚で、古い洋館、敷石、燭台、ブルテリア、懐中時計といったモチーフが物語を覆っている。ブルワー＝リットンの小説世界は小林さんの趣味趣向と広い範囲で重複していた。

「霊魂というか、そういう問題に対して当時は心霊協会みたいな、科学的な側面も満足させるような小説で。彼の『ザノーニ』って長いのもあるんです。でも装丁が凝ってるから高いんだよ。それと部数があんまり出ないじゃない？　国書刊行会、前は巣鴨にあって、友達も働いてたんだけどね。そうだな『ザノーニ』がいい。あなたなら、そういう長いのも。僕は短いのしか読めないから」

ブルワー＝リットンは作家でありながら大臣まで務めた政治家でもあった。一方で霊界に関心を持ち、魔術師に学んだり、降霊会に参加したりもしていた。小林さんは興味の赴くままにオカルトや神秘主義に接近し、奥深くまで分け入っていた。彼は脚立に戻り、すぐさま次の本を手に取った。グスタフ・マイリンクの『ゴーレム』。

「ゴーレムって知ってます？　土で作られた人形で。それが人間みたいに動き出すんです。額に文字を書かれるんですよ。その文字を消すと、土に戻っちゃうっていう。僕はもともと『ゾーハル』とか、ユダヤ教の教義なんかに興味があって。マイリンクもその中に入ってると思います。スペインの方にユダヤ人が押し込まれていく時代がある。十三世紀、中世前後から十六世紀くらいまでかな。そういうときに秘儀を裏で伝えるでしょ？　秘教だからね、ある意味でいうと。隠秘主義とは違うけれども、土台、オープンにしていたら、例えばイタコの修行でもそうだけど、一般人にヤーヤーカーカーになっちゃうじゃん。やっぱりある種、神秘的な要素。ほいでオカルトって概念が、途中から否定的な概念で使われていくわけ。秘儀って言われるものが。ゴーレムは土でつくられて、言ってみればアダムのかわりに、人間のかわりに働く。それがひざまずいたときに、ここに書かれてる、あの、テトラグラマトンってわかる？　テトラグラマトンっていうのは四つの大事な文字のことで、書けばこんなやつ。もとはヘブライ語で、アルファベットにしたらＹＨＷＨ。子音が四つで母音がないから、発音がよくわからない。法皇が次の法皇に引き継ぐときに式典がある。そのときにその四文字をどう発音するか、つまり本当の神の名前は何なのかってことを伝える。だからこれは明かされてないんですね、本当の発音は。アドナイって言葉ご存知ない？　神を表すときは、本当の名前は言えないからそう表現するわけ。聖書考古学って学問があるんです。僕は高校の時から読んでいて。『ナグ・ハマディ文書』とか面白いですよ」

小林さんは何かに憑かれたかのように本棚の背表紙に手を這わせていた。私は書庫の隅に腰をおろし、マイリンクの幻想小説をぱらぱら開いて流し読みした。

「わたしたちのユダヤの言葉が子音だけで書かれているのを偶然だとお思いですか？　自分ひとりに定められている意味を開示してくれる秘密の母音を、各人が自分で見いだすためなんですよ、つまり生きた言葉を死んだドグマに硬直させてしまわないためなんです」

ゴーレム伝説、錬金術、カバラ、タロットカード……。神秘思想は小林さんの内部で絡み合い、すっかり五臓に癒着している。

「あなたは、あなたの体験なさったことを、ある程度象徴的に理解なさらないといけません」とラポンダーは説明した。

書庫には窓がなく、古本の匂いが充満していた。彼は脚立を登ったり降りたりしながら、謎めいた秘密の一文を紐解いていった。

アイオーン

一九九〇年、健二は飛ぶ鳥をよく眺めていた。鳥は河川敷の空を群れで飛んで、形を変える雲のように見えた。飛行機も編隊を組む。飛行物は互いに編隊を組まなければ自分の位置を認識することができない。鳥はそんなことを考えるでもなく自然に体得していく。それとも卵の頃から知っていたのか。

ミミクリとミメーシス、擬態をテーマにした作品にはC、H、O、Nと刻印をうった。炭素、水素、酸素、窒素、一般的な有機物を構成する四つの要素。「これは素材として何を使ったんですか?」「鉛なんですよ」製作について具体的に訊かれたときはすんなり答えることができた。元素記号の刻印についてはキュレーターからも一切訊かれなかった。一人の評論家がほとんど気まぐれにたずねるが、健二はまともに答えなかった。評論家の風体を見て彼は悟った。この男にいま言ったところでどうにもならない。そう諦めて受け流した。

健二は画集を出版した。タイトルは『アイオーン』。グノーシス派の言葉では覚醒する、超越するという意味があった。バブルの真っ只中に製作された画集の原価は一冊一万円、三千冊分で三千万円の費用がかかった。アイオーンという言葉の意味については誰も知ろうとしなかった。例えば色の出し方だとか、そういった説明だけが求められた。

彼は近々予定されている水戸芸術館でのグループ展に向けて大掛かりな作品を準備していた。作品の中心をなす塔の内部に「You are not alone」、君は一人ではない、と刻まれている。いわばインスタレーションのような作品で、塔の両側に二つの怪物の絵が向かい合わせに展示された。新聞社の取材を控えた学芸部長が健二に説明を求めた。問われてみれば、彼は答えに窮してしまった。膨大な意識の中から現れ出た作品です……他には何も言えない気がした。それでもどうにか、旧約聖書のヨブ記が主題になっていることを伝えた。学芸部長は「ああ、ヨブ記ですか」とわかったような顔をして翌日の取材に応えていた。学芸部長はクジラに飲まれた男の話をしていた。それはヨブ記ではなくヨナ書の逸話だった。

確かに、クジラが噴水を出して死んでいっているようにも見える。でもそれはクジラではない。ヨブ記の中に出てくるリバイアサンという名の怪物だった。神にしか殺すことができないものがこの世に二つある。一つは陸の怪物ビヒーモスで、もう一つがリバイアサン。そしてヨブは真面目な男だった。90年代のバブル期においては、環境問題はタブーとされた。作品は全体として人間を否定している。彼が記した「Ｙｏｕ」の中に、人間は含まれていなかった。

ウテナ

『ウテナ』と題した個展にあわせて、小林さんは個展と同じタイトルの詩の本を出版した。取材にきた新聞記者は頭ごなしに批判した。「絵描きは絵を描かなきゃだめですよ。詩なんて」と記者は言った。ウテナは仏典に出てくるサンスクリット語起源の言葉で、全てが見える高いところを意味している。

光より生まれ
光にかえってゆく
永きまどいの道のり
永きさまよいの歴史
人よ

疑問をもてし現象よ
すべてに必然と理由を求めしものたちよ
静けさは昂まりへと
そしてまた静けさへと
巨きなうねりはゆっくりと
そしておだやかに流れてゆく
流れゆく
流れゆく
流れゆく
流れる
流れてゆく
流れる
流れゆく

うたうたいうたうたいうたうたいうたうたいうたうたいうたうたい

光は、もっとも光より遠ざかり、自分らである宇宙をみつめている
物質化した重い体
光あり
光あつまりて
量子化し
素粒子のごとく
原子
原子あつまりて
分子
分子あつまりて連鎖した高分子は原形質を成し
生命は生まれた
あつまって行くねむっている細胞は
やがて共同の意識をもちて
自己を感じている

〈わたし〉という言葉が生まれ
〈〈私〉〉とは違うものとなった
光は始めて宇宙とはなれた
個人はあつまり
集団をなし
町をなし
国家を造る
社会
そして意識は人類へ
自分を知りたいと望む宇宙の気まぐれが物質をつくった
今でさえさらに大きな友をさがしつつ大空を見上げている
宇宙よ
あなたは神なのですか
いのちを失なえし肉体は

あたかもとけて
きっとは朽ちて
大地や大気へ帰って行った
しかし意識は未だ残りて
疑問の残りしいくつかは
再び生まれて人となり
上方へと舞えしものらは
大いなる〈《私》〉のなかで完全自由の答えをみい出している
いまわたしたちは見つめている
なにもなくなりはしなかった
なにもあったわけではなかった
原子は核力をとき
重みはかるさへと
色々はとうめいに
のぞみは輝きへと

すでに求める心は
祈りまで高まりし
いま
物質よ
光への旅を終えよ
光なる自由よ
回帰への強きあこがれは
いま成りて愛を担う

プロキシマ

地球に一番近い恒星は４・２７光年先にあるプロキシマで、近いといってもマッハ15で向かったとして、27万年が必要になる。西暦２０００年に彼は『プロキシマ』を主題にした個展を開いた。それが人々に伝わったかどうか、彼にはまるで実感がなかった。

相変わらず説明には苦労していた。人に何か伝えるときは落ち着いて話したい。常日頃そう思っているが、一度もうまくいった試しがなかった。そんなときは酒を飲んでどうにかやり過ごした。瓶で飲むときりがなくなるので、普段はカップ酒で我慢していた。結局何杯も飲んでしまって、彼の手は震えっぱなしだった。何かを強く握るか、ポケットに入れるかして誤魔化していた。

彼は夢うつつの中、プロキシマに向かって出発する。大気圏を出たあとはまず目標を見失わないようにするのに必死だった。プロキシマはケンタウルス座を構成するアルファ星の伴星の一つで、主星が明るいため見つけるのが難しかった。それから時間は随分かかった。最初の予測通り27万年の月日が経った。

太陽系と同じようにプロキシマにも惑星があった。三重連星の複雑な重力場にナプキアイという星があって、天体自身が意識を持っているようだった。先の予定がなかった彼はナプキアイに腰を落ち着けることにした。そこでしばらく星の様子を観察した。

ナプキアイには信じ難いほど芳しい花をつける鉱物があった。一プロキシマ年に二度訪れる夏の季節に一斉に花を咲かせた。その鉱物というか植物は7つの性と27種の拡散器によって繁殖していて、寿命は35億年を超える。彼はそこで生と死のことを考えた。こんなに遠くまで来てどうしてそんなことを考えているのだろう、とも思っていた。花の香りが強すぎる。そう感じたところで目を覚ました。

寝返りを打って部屋の中をぼんやり眺め、どうにか立ち上がって台所に向かった。冷蔵庫の扉を開けて、カップ酒を取り出した。

キューブリック

小林さんにとって映画とはほとんどサイエンス・フィクションのことを指し、中でもスタンリー・キューブリックの『２００１年宇宙の旅』、それ以外はまず認めていなかった。

「中学三年くらいのときに、その頃、テアトル東京って映画館があったんだけど、そこは全席指定でアテンダントがついていた。席まで案内してくれて。当時でＳＳ席三五〇〇円ですよ。そこには座れなかったけど。『２００１年』、あんだけの完成度の映画って、あれ以降に出てますかね？　でも謀略論とかもあるでしょう。あの映画は70ミリフィルムで撮られているんだけど、あんな映画が、本当に、どこで撮ったのって言われるぐらいだよね。68年の映画とは到底思えない。翌年の69年にアポロ11号が月に行った。キューブリックの『シャイニング』とか、まあ、面白いんだけど正直イマイチじゃん。でも『２００１年』は別格。あの映画はアポロが月に着陸するっていう一つの状況を撮影するためにつくられた映画だと考えた方が、僕には自然に思える。ちょっと科学をかじった人間だったらすぐにわかる。月に到達するって大変なことなんですよ。ましてや帰ってくるというのは。だからケネディの政策で、ああいう風なものをつくることによって。その前の段階がアダムスキー。月面着陸と『2001年』、二つの映画の撮影は同じ時期なんじゃないかと思ってる。かたやCTRの荒い映像。映画は70ミリのシネラマ規格で撮った。僕はアダムスキーがまず前提になっていて、アリゾナとかあの辺から、宇宙ってものに対して国民が意識を向けなきゃ、あんだけの莫大な予算を引っ張ってこれない。当時、アポロを追尾するレーダーもなかったんですよ。いまはあるよ、もちろん。キューブリックは駒だよね。一つの駒。一番大変なのは、月の重力が地球の重力の六分の一だとしても、そこからの脱出速度をあのちっちゃな着陸船が持ちうるというのは大変なことなんですよね。第一脱出速度と第二脱出速度ってのがあるんだけど、いくら六分の一といっても、いま現在の普通の弾道ミサイルを飛ばすくらいの出力がないと、結局、月の衛星になっちゃうわけ。だからあんな月着陸船の中にそんな出力があるとはどう考えてもおかしいんだよ。アダムスキーって人物も、色々裏があって面白い。アダムスキーは本をたくさん書いていて、僕は彼の全集も持ってる。最初に有名になったのは『空飛ぶ円盤同乗記』。彼はポーランド人で、最初はアダムスキーって言っていたんです。アダムスキー、スキーがついたら完全にアメリカ人ではないから。大体、移民するときにスキーはとっちゃう。それはアダムって名前から来てるわけで。……まったく、急に話が飛ぶ。このあいだ僕、うなされたんだ。前に、君に会ったときの話。あんなに喋って。なんて人に迷惑かけちゃったのかって。それなのに今日もまた、ねえ。ほら、あの光の夢、高校生の頃の。僕の場合はそれがその後の、生きる上で楽な方にははたらかなかったね。つまり、もしああいうことがなければ。性的虐待があったこととかね、普通だったら人生って、それによって色々、でもそんなこと以上にあのときの夢のせいで、普通に物事が見られなくなったから。だから夢が、普通に生活していくことを阻んだってところがあるんですよね。やっぱし、こだわっちゃう？生きてること、それに何もかもが」

携帯電話で「ジョージ・アダムスキー」を検索する。UFOに乗せられた自身の体験を本に記して有名になったアダムスキーは、その八年前に体験記とほとんど同じ内容の物語をSF小説として出版していた。当然の帰結として、彼の体験記は創作ではないかと疑われる。ところがアダムスキーの人気はすでに一種のカルトと化していて、先の小説について彼の信奉者は「予知能力によるもの」と説明した。アダムスキーはまた子供の頃に単身チベットに渡り修行をしたと語っている。鎖国政策をとっていた当時のチベットに白人の子供が一人で入国し、何年も生活していたというのは俄には信じ難い。

「月を見上げて、やっぱり行ってないなってのが僕にはわかる。まだ無垢です、本当は」

動画サイトで月面着陸の映像を再生した。宇宙服を着たアームストロングとオルドリンが妙なリズムで月面を歩行する。二人はふざけて跳ね回っている。月面を走るバギーカーのスピード。動きが派手で、不思議なくらい慎重さに欠ける。やがて飛び立つ宇宙船の動きを、月面に残された無人カメラが恐ろしく正確に追いかけた。

外光

正直な話、そう自分が長くないなってていうのは、実はわかってきてるわけ。いや、まず体調もそうなんだけど、前ほど戻れなくなってきてる。思考力とか。何かものをつくるっていうのは非常に具体的なことなんだ。木を削るでも、色を塗るでも、僕みたいな仕事における、ものをつくるという実際の行為というのは非常に物理的というか。だからそれを逆さにすることはできない。ある程度、最終的な状況まで見通した技法でものをつくらないと。ここで迷ってるだけよりも、ずっと奥まで具体的にするところまで持っていかないとならないから、体力も知力も、どうしても集中が必要になる。

ここに来てから人に会わなくて済むようになった。あの玄関、あそこから先には行かない。前はよく歩いてたんだけど、いまはもう出ない。歩かなくなったら前ほどものが見えなくなった。空とか、人の雑踏とか、いろんなもの。昔、神保町とかをぶらぶらしているときは別に本を見たいわけでもなかったというか。そうすると四面楚歌まではいかないけど段々狭まってきて。自分の本当の思いに匹敵するだけの仕事とか仕事量をこなすことを考えると、そう何年もできないだろうと、やっぱり自分でわかるわけ。自分で自分の過去を見て、このとき何点つくったなとか、自分の作品数をかぞえる癖、それはいつもついてるのね。だから乃木浦さんのギャラリーのときも、もっとつくるはずだったんだけど、土台あれでよかったのね。スペースからして、あれで。

あのギャラリーは外光が入るってことだけが一つの条件だった、僕にとっては。普通の、閉鎖された空間でスポットライトを照らしてるのとは違って光が変性していくから、その光の色に対して映えて、しかもコロナの時代でみんなが閉塞してるのを、なるべく気持ちを上げる方向で。そうやってつくらないと自分も塞いじゃうと思った。だからああしたんだけど。この何年かを考えると、あれが限界だったかなというのがあって。

乃木浦さんからいずれ展覧会やりませんか、みたいな話があったときに、乃木浦さんのギャラリーのサイトを彼女に頼んで見させてもらって、こういう新しい感じの場所で、僕のはあうかなって気が、正直いうと、したわけ。だけど僕ね、ここで話を蹴ったらもう行き場がないなって思った。あの空間の外光だけを目に焼きつけて、エスキースして、ちっちゃな絵をたくさん描いて、それから大きく描いて。こう言っちゃなんだけど、このままだと死ぬなってくらいまで描いた。……ちょっとどうでもいい話を、すまないね。

本当のことを言うと、ここ何日か、あなたが今日来るって決まってからカレンダーに丸をつけて、それ以外のことは他になんにもしてないの。どこまで話していいか、普通に、気楽に、これ美味しくていいねとか、最初はその路線でいければと思ったわけ。でもやっぱり人間の縁って不思議なもので、宇宙の話とか出るもんだから、こうなることになっちゃうんで。

どう思います？　この辺が微妙だなと思ってる。土台、人に好かれるものを目指せるということでもない。だってあんな訳のわかんないの描いたって、それが本当に人にとって良いものか。お金出してまで、だって五万、六万じゃないんだからさ。結構そこそこの金額、だからどうしてもその壁がまた来るのね。

前はそういうことはなかったんだけど、飛び降りちゃおうかなっていう衝動があるんですよ、本当のこと言うとね。もう、めんどくさいみたいな。例えばここを片付けるとかいうなら、どこから手をつけていいかわからない、みたいな気持ちになるわけ。それでちょっと、こういう刃物も遠ざけて。正直、これはまずいなと思って。ここまで落ちてしまうと、衝動的に、後先考えない、だから死んだ人の写真をたくさん見るようになった。結局、汚いわけだよね、人に迷惑かけるし。ほいで家族にも迷惑かけるし。そういう関係の本はよく読んでる。それが歯止めになってるくらい。まあ、彼女にこれを言ったってしょうがないから言ってなかったけど。話しようがないんだ。東京にいたときはチャリンコに乗ってどこにでも行けるし、土地勘があるわけ、六十年以上住んでるから。だけどここはわからない。だから出ない。これはどう考えてもまずいなって。告白ができる怖さっていうのもわかってきていて。自分の中にある衝動というもの。自分自身がね、自分がつくった一つの生き方に飲み込まれる。中学の頃の仲間がいる。それが好々爺になって、もっと普通の、なんていうのかな、気に病むことのない。元々シンナーとかやっていたのがいまじゃ逆に。彼らに会うと癒されるというのはある。僕は自分にうぬぼれがあると思ってたんだよね。生き方をちゃんと全うしないとならない。正直、アトリエもこんだけ乱雑になってしまって。

ああ、今日は甘えちゃって色々喋って。だから依存症だ。道具をいっぱい持ってるのは、結局臆病なんだ。いざ自分が作品をつくろうと考えてるときは何にも要らないのね、本当は。臆病さの慰めがあちこちにたくさん、つまり自分を保護してくれる、見ていて、ああ、こういうのもあったなあとか。そのおまじないが効かなくなって来たのかな。

一つだけ聞きたいと思ったけど、剣持さんってどんな方なの？

カッツとかホックニーとか、そんなのを買ってる人が、どうして僕を？というのは、しかし想像ができないね。正直ね、ポピュラリティーとさ、僕自身、最も遠いところにいる。つまり、それこそみんなから愛されたいと思っている以上に、その、自分のことで汲々としてる。裏返せば自分で言うのもね、失礼だけど、本当の作家って、そういうもんじゃないかとも思ってるわけ。否が応でも、その苦しみとかいったものを背負ってないと、いや背負いたくないよ、できるなら。でもやっぱりそうせざるを得ない、そんなね、剣持さんみたいな成功した人が僕の作品を、誰を通してでも買うっていうことが、最初はにわかに信じ難かったの。僕をいままで助けてくれたコレクターって何人かいて、そういう人たちがみんな高齢で亡くなってきてるのね。しかも僕自身が取材を拒否したり表に出たくないっていうのがあったり、もう、紙媒体のやつが、ああいうものがなくなって、デジタル系のものには露出したくないっていう気持ちがあって、まあ年寄りになったっていうせいもあるけれども。

いま、たまたまライ美さんが気に入ってくれて、それで剣持さんが買ってくれたんだけど、もしあれがなければとっくにもう。乃木浦さんは前からそんなに知ってたわけでもなくて、ライ美さんとあなたが、あの京橋のギャラリーね、椿にきてくれて。でも、何か諦めもあったし、もういいや、みたいな気持ちになりかけてたわけ、本当のことを言うと。なんていうの、死のうという気持ちはないけど、もう好きなように絵を描いていくわけにはいかないなと。僕の友達でも自分の生き様とかいう言葉使う人いるけど、絶対そういう言葉って使いたくない。でも本当はすごい真剣につくってるわけよ。一番の本音、出ちゃうけど。

椿での『キセディア』であれ何であれ、作家仲間は買ってくれるんだよ。小さくても。ほいでまあ、僕としては『キセディア』っていう一つの物語がないと、あんなちっちゃなものを、ノベルティのようにつくるってわけにはいかなかった。みんなは知らない。みんな軽い感じで、椿の人なんかは、健二くん『キセディア』って何?みたいな。一種の造語で、とか言って、ああ、なるほどって。そうしたときに乃木浦さんがライ美さんを連れてきて。それもよくわからなかったんだ、意味が。金髪の可愛い子だな、みたいな。乃木浦さんってあんまり説明しないんだよね。剣持さんが買う美術品を選ぶのがライ美さんの役割だってことは、結構あとになって知ったから。僕としてはまだ理解してなくて、ああどうもって。ただでさえ知らない人がたくさんいる、他のお客さんもいる、そういう状況で心の中ではパニックになってた。ほいで会ったこともない謎の人物が購入してくれるって話になって。あのときお金が必要だった。別棟を建てたりとか、なんだかんだで結構掛かっちゃう。僕は広い場所がないと作品をつくれない。ちっちゃいものをつくってるんじゃないから。それに空間感がないと仕事ができない。

まあどうであれ、助かったわけ。何より精神的に。自分の絵なんて誰も見てくんないんだって思っていた。初めて会った頃、僕はそういう状況だったんだ。

ノート

彼が一番恐れるのは浅い眠りの時間を過ごすこと。それでもその中で夢を見て、翌朝ノートに書き出している。今朝も起き抜けにメモをとった。「ポリシリクタル・ククレイ・クーヌン」それだけ書いてあって、何を意味しているかは彼にもわからない。彼の夢の中に現れた人たちが使っていた言語で、耳に残っていた言葉を最後だけ、これだけはと思って記憶していたのだった。

ノートは必ずしも時系列にそってはいない。前後していたり、天と地が逆さになっていたりもする。夢の内容を絵で表すこともあれば、文章にして書くこともあった。

「平原はどこまでも続き、二つの文字を化合させるが、その表出は、人には見えない」

「塩と蝋によってつくられた物体がある。それは『物質と変異』という名の書物と考えられている」

「ある日、その部屋に月光とともに閉じ込められた大気の氷華が届けられた」

自分のものとも、そうでないともいえる言葉が確かに自分の字で記してあった。

彼はノートに鉛筆を挟み、ベッドに戻って天井を見上げた。最近は体が重くて起き上がれない。とはいえ次の個展の予定があった。だから作品をつくらなければならなかった。目は覚めている。どこが痛いとか、どこが悪いというわけでもなかった。あれもこれもやった方がいいだろうなとは思っていた。けれども座ったら座ったまま。ただじっとして、本を読むことさえままならない。

彼は一日中パジャマで過ごしている。パジャマで仕事をするため、手を切ったり擦りむいたりと、やたらと怪我をしている。一度は機械に巻き込まれて、危うく指を失いかけた。本当はナイフを研ぐときに砥石を使ってじっくりやりたい。でもいまの彼にはそれができなかった。仕方なく電動工具を使って数分で済ませていた。

いつまでに作品を何点つくって、それがなるべく人にわかりやすいように、テキストが書けるようなものを。職業としての絵描きならそれが必要だと彼は思っている。売れるには単純に、綺麗とか、美しいとか思ってもらわないといけない。そこにもし面倒臭い話を書き綴ったりしたら、そのときはもうどうにもならなくなる。彼は椅子に腰掛けている。

一度は立ち上がろうとして、結局、椅子から動けずにいた。

ノミ

ちょっと僕が言いたいのはね、これ、何枚かに分けて描いて、光からはじまるみたいな。こういう作品も、光から物質化していくっていうのをどうにか表現できないかっていうんでつくってるんで。何もね、とにかく自分の弁護ばっかりしているけど、こんなことね、本当に人に話せないし、ギャラリーでお客さんの前で、急に宇宙の話をしたって、だからなんていうの、これだって言いたいことは出てないんだけど、少しは色にして形にして、その会場とか雰囲気になれば何か感じてくれる人はいるはず。その論理の部分をあまりにも人に出せば、人はもうぐったりしてしまうし。人ってなんだっていうときに、きっと人間の特徴としては、この世に対して、自分に対して、疑問を持っている。他の生き物、大多数の生き物は、この世に生きるってことに従順だから。生きることに迷いもない。

自分が死ぬというのはどういうことか。心肺停止して体が腐敗して、その先、本当に死

ミ　というものになるのか。いままで動物は何匹も飼っていて、魂が抜けてくような気がするのは、機能がすべて停止して、体温が下がっていって。結構前になるけど、車にひかれた猫がいて、抱き上げたらすごい拍動が伝わってきた。それがそのうち止まったら、ノミがさ、バーっと出てきたわけ。なんてこいつら現金なんだって。だから死ってものをよっぽど理解してるんだよ。

ノ　ものを読んだり、書いたり、ネットで検索することも、ショパンやラベルを聴くこともできる、あるいはプラトンも、ティーマイオスもクリティアスも、でもそれが何になる？　死を知った上で。僕の場合はどうにか消化して、形にしていきたかった。それをあまり説明したくはなかった。だけどいつか、最後の日がきたら、実はこの細々とした切れ端が、一つの筋道の上に成立していてほしい。うしろを振り返ったときに、ある角度から見たら星座みたいになっているように。全然、乱痴気に違うようなものでも、一つの形をなしている、そういうものでありたいと思っているから。それがもう大変に、頭の中をグルグルするわけさ。だから絶対、テーマをつけてつくりたいと思う。そうやってつくっても、この前のあれも売れなかったかってなると、その瞬間に旧作になるわけよ。できるんなら、後ろに鉛筆で書いてある２０２１を消して２０２２にする、みたいな。それは結局、しないんだけど。でも余裕があればね、本当に没頭したいし、本当に知りたいこともあるよ。いい加減、あんだけ本を読んで、だけど答えがないわけよ。結局、本の中に真実なんてどこにもないって僕は思うの。いや、こんだけ長ったらしい話聞かされてね、ほんと悪いね。

小田原

昼過ぎに訪れてからかなりの時間が経過していた。私は少し集中力を欠いて、気づけば先日観た映画のことを思い返していた。上映時間が8時間のおそろしく長い映画だった。その映画は朝11時に始まって、途中3回の休憩を挟んで20時45分に終わった。監督はスウェーデン人の写真家で、京都の山奥にある限界集落を舞台に一年を掛けて撮影されていた。森の木々や川の水面を映した風景描写が延々と続いた。とある老夫婦の日々の暮らしが四季を通じて描き出される。8時間、観るというよりは考えていた。老いといずれ訪れる死について、隣にいるライ美のこと、母のこと、父の葬儀、病い、不安。さしはさまれる草花や田畑の映像。十二分に確保される物語のすきまで想いがめぐった。観終わって会場をあとにしたとき、周りを囲む物質の存在がなんだか不思議に思えてきた。ふと見上げると真新しい高層ビルがそびえたっている。振り返れば信じ難いほど巨大な建造物が、無数に折り重なっていた。アスファルトの道路。ガードレール。エスカレーター、たくさんの車、雑草、雨、水滴、手すり、皮膚、爪、街路樹、これらの存在を感じられるのは自分が死滅するまでのあいだ。あと二十年か、三十年くらいか。もう少し延びるかもしれないし、案外来年なんてことも十分にあり得る。スピーカー、エアコン、帽子、バス、電車、プリンター、土、石、蛇口、文字、セロテープ、鉛筆、フォーク、飛行機、汗、向かいから歩いてくる人、横断歩道を待っている人、細胞、細胞壁、タンパク質、血小板、シャワーヘッド、タイル、これら全てと永遠に別れる。それから先、意識はこの世界から切り離されて、再び戻ることもない。

里香さんが「お腹空きませんか?」と言って菓子パンやサンドイッチを持ってきてくれた。私は卵サンドを頂いた。小林さんはパンに手をつけず、次のデルカップを開封した。小林さんもまた死について、残された時間について語っていた。先のことは定まっていないのに、どういう計算が成り立つのか、彼は指を折って逆算していた。

隣の作業台に置いてあるデジタル時計が23時ちょうどを示す。私はいまだに小林さんの前に座っていた。里香さんも笑顔のまま、彼の隣に腰掛けていた。里香さんはそうやって五十年ものあいだ付き添っている。小林さんが「飛び降りることを考える」とか「最後の日がきたときには」とか、そんな言葉を口にすると、里香さんの瞳はわずかに曇った。それを悟られまいとして、かえって表情を硬くしていた。

小林さんは東京で生まれ育ち、結婚後も都内で暮らしていたのだが、五年前に小田原に居を移していた。里香さんは小田原の出身で、その一年前に両親の介護のためにしばらく実家に戻っていた。両親を看取った後、里香さんは小田原で暮らしていくことを持ちかけた。その方が家も土地も広く、より良い環境で制作できると考えたからだった。小林さんは躊躇した。

「どこか、一線から退くという感覚があった。もう戻れなくなるんじゃないかと思って」

考えた末に里香さんの提案を受け入れることにした。

「昔、親父に言われたことが頭に残ってた。お袋が死んだ後、親父は東京を引き払って山梨の山奥で刀をつくり始めた。一人で暮らして、作業も一人。一度会いに行ったんだけど、周りに誰も住んでないようなところで。そのときに親父が、お前も何かものをつくるんならどこかにこもってやった方がいいぞって言った」

小田原駅に降り立つと里香さんが車で迎えにきていた。小林さんは仰天した。里香さんはずっとペーパードライバーで、運転しているところは何十年も見ていなかったし、そもそも車を持っていなかった。里香さんはこれからの生活のことを考えて教習所で再講習を受け、車を購入して準備していたのだった。小田原にきたばかりの頃、小林さんは近所をよく散歩した。歩いているあいだに色々と思いつくこともあった。それがこのところめっきり出歩かなくなっていた。出かけるときは里香さんの運転で助手席に座って移動している。彼は自動車の免許を持っていなかった。

アトリエには照明が少ない。天井からいくつか電球がぶら下がっているだけで、光は小さな傘によって円錐状に切り取られていた。ライ美と私は椅子から立ち上がって作業台を離れた。玄関先で振り返ると、顔料、樹脂、砥石、筆、結晶、電動工具、マウス、ボトルに入った各種の溶剤が、薄明かりの下で眠りに落ちていた。

「次の個展は四月かな。今度やるところは、まあ、雑貨屋さんみたいなところ。オケバっていって、茅ヶ崎にあるんだけど。熊澤酒造ってお酒の会社がやってるスペースで、酒蔵とか、古い建物を改装してレストランやら喫茶やら、そういうのが入ってる。そこはまた光がよかった。あの光なら。前に熊澤さんが乃木浦さんのギャラリーにきて絵を買ってくれて、そのご縁で。今度はちょっと気楽に、場所も近いしね。じゃないと煮詰まるから。

小田原

いまはあんまり煮詰まりたくない」

透明体

二人に見送られて車の窓から手をふった。帰りの車中ではライ美も私も妙に高揚していた。小林さんが語ったことを交互に復唱して記憶をたどった。私たちはまた初めて小林さんと出会ったときのことを回想した。『透質層と透明体』、そう題された個展の会場に、彼は自身の展覧会にもかかわらず所在無さ気に立ち尽くしていた。彼のまわりを作品が囲っていた。小林さんは自ら調合した透明樹脂を使って縦横15センチ程の色んな形の立体をつくった。それらの透明体がギャラリーの白い壁に貼りついていた。透明体はむしろ落ち着いているように見えた。彼らは受けた光を少しずつねじ曲げて、一部は反射し、一部は内側に取り込んでいた。そのうちの一つ、一番小さな透明体はいま私たちの家にいる。

家に向かって夜の国道を下っていった。ヘッドライトがずいぶん先のテールランプを蛇行しながら追跡した。菱形の透明体は台所の手前、ダイニングテーブルの向こうの壁に背中をつけて、私がそこにいようがいまいが、暗がりの中で広い視野を保っている。

第三章

波の音

宮崎県西臼杵郡高千穂町。人里離れた山の中腹、見晴らしは良く、眼前に阿蘇・くじゅうの雄大な景色が広がっている。広い敷地に住居、工房、窯小屋、鶏小屋が点在している。壷田和宏・亜矢夫妻はそこで暮らし、焼き物をつくっている。山羊と烏骨鶏《うこっけい》が家の周囲を気ままに歩き回っていた。

子供の頃からものをつくるのはずっと好きで、工作とかね。絵を描いたりとか。デザインの勉強したいなと思って、そういう大学を受験した。受かったのが陶磁専攻やったんで、まあ、焼き物も興味あったし、やってみようかなと。でも入ったら毎日、土をこねるばっかりで、嫌になって。僕が初めに出会った先生が、なんか権威的な感じやったんです。やめようと思ったんだけど、大学には他に鯉江良二先生って方がいて、めちゃくちゃ魅力溢れる人だった。鯉江先生は自由やったんですよ。つくってるものも、生き方も。その人にはなれないし、近づけないいんだけど、そういう生き方をしたいなと思って未だにものづくりしてる感じかな。もう亡くなられてしまって。

いま、うちに若い人がたまに訪ねてきて「ちょっと見学させて下さい」とか「一緒に制作させて下さい」とか言って、勉強したり、滞在していったりする。彼らは「やっぱり薪窯はいいですね」「採ってきた土っていいですよね」って言う。確かにそれもいいんだけど、魅力なんだけど、だからいいというわけじゃなくて、電気釜でも買ってきた土でも、むちゃくちゃかっこいいのできるし、なんかそこを勘違いしない方が。やっぱり常に自由でいるというか。そういうことを教えてくれた人かな。

今日、これから小鹿田焼の坂本さんとこに行かれるって聞いたから。これ、たぶん坂本さんとこのやつで。鮎の形をした箸置き。坂本さんとこのばあちゃんが代々つくってたみたい。これがまず一番ね。何年か前、小鹿田に行ったときに買ったやつで、こっちは僕たちが九州にきたばっかりのときに買ったやつ。これはもっと前、僕が十九歳の頃に色々まわっていたときに買ったやつ。同じアイテムなんだけど少しずつ変わってきてる。僕はこの鮎が勾玉みたいで、抽象的だし、好きかなあ。自分でもつくってみた。それがこれ。こっちを受け継いだような感じで。たぶん、ばあちゃんは何も考えずに、前と同じようにつくってるはずなんだけど、微妙に現代的に変わってきてる。窯焚くときって結構時間があるから、その合間でつくってるんじゃないかな。小鹿田焼は一子相伝で男しかつくらない。これはちょっとした時間につくってるやつで、だけど時間の流れとかが入ってる。伝統って言ってつくってるけど、民藝って言ってつくってるけど、こんなに変わるんだっていうのが面白い。この箸置きが大好きで、もっとつくってくれないかなと思う。でも本気でつくるとまた違うものになっちゃうから。

陶芸家も十年サイクルぐらいで売れる作家さんが出てくる。十年ぐらいすると、やっぱり乗り越えるべき壁って出てきて、そこで超えられない人は、なんか使い捨ての商品みたいに、店にも切られるし。友達で自殺してしまうような人がいたり。そういう世界を見てきて、いや、これはいかんなあと思って。ものづくりの人ってもっと自由に、ニュートラルのポジションから生み出さないと。そういう場所をつくりたかった、自分だけじゃなくてね。それでずっと土地を選んでいたんです。でも引っ越すのはそれだけが目的じゃなくて、産廃問題とか、土地開発とか、その影響で押し出される感じだったから。どうせ選ぶんやったら、広くて何もないところにしようと思ってここに辿り着いた。

この辺りの人の、おばあさんとかの話で、台風のときの話がすごい印象的なんだけど、ここは九州でも一番の山のなか。中心地みたいな山奥じゃないですか。海ははるか遠くで、近いところでも五十キロはある。なのに「台風のときは波の音が聞こえる」って言うんですよ。こう、山とか空気の厚みというか、いろんなものが影響しているのか。私たちには聞こえない。そうすると昔の人はどれだけのものだったのかなと、想像するに、人間の心の綺麗さとか、感じる力とか、昔はすごかったん違うかなと。

この間の台風は、一番強いときの時間帯が南風で、うちは北斜面だから山の上越えていって、ああ、大したことないねって。村の人が「避難してこい」って電話くれるんだけど「大丈夫そうだからいい」って言った。「ここにいるから」って。油断してたら、吹き返しの方が強くて、そのときに結構やられた。

私は夜に寝てたら、なんか、どんぐりがぽとんと落ちてきた。あれ?と思って、そしたら水がパラパラって、えっ?と思ったらもう屋根がなくなっちゃってた。

寝てるところの上の屋根はトラックシートだったから、まあ、でかいテントみたいなもんだよね。半分めくれていて、それが真っ暗でわかんない。そのときはちょうど次男が一週間だけ家に戻ってきてた。次男と一緒に一生懸命おさえて、テントを釘でとめて、なんとか助かった。

次の日に次男が言ってた。「お父さんと僕、風でちょっと、空中に浮いたんだよ」って。

一番最初、亜矢は妊娠していたから、先に次男の半蔵と僕でここにきた。半蔵はそのとき小学校二年生だった。大人しい感じの子だったから、かわいそうだった。僕はもうこの土地に興奮していて。次男は五ヶ所小学校っていうところに転校して入った。冬は寒いからスケート場ができたりするような小学校で。その小学校が閉校になるときに先生に言われたのは「半蔵くん、来たばっかりのときは一ヶ月間、毎日保健室に行って泣いてました」って。僕は全然知らなくて。親失格です。そんな状態やったみたいで。

最初はお風呂も台所もトイレもなかった。土の上にススキを敷き詰めて寝てた。引っ越す前日に広島の友達からプレハブの天井になるようなのをもらって。始めはまあ、テントのつもりだったんだけど、そう思ったら、まだ良かった。でも次男からしたら耐えられなかったみたいで。それまでおじいちゃんおばあちゃん子だったのを、無理やり連れてきちゃったから。一番下の子は生まれたときからここだから、もうめちゃくちゃ元気。地元の言葉も喋れるし。

日田の不動産に紹介してもらって五、六件くらい物件を見て、日が暮れてから着いて、ここが高千穂っていうのも知らなかったんです。夕暮れで、二月で、みぞれが降っていた。辺りはよく見えなかったんだけど、あ、この山やったら窯をいくつもつくれるし、広いし、ここでいいやと。自分の学んできた場所とか実家から離れて、次はいい場所に、とかはあんまり思わなかった。そこに行ったらその場所で根をおろして頑張ろうと考えてたから。とりあえず窯をつくって迷惑にならん場所とは思ってたんで。広くて、そういう場所というだけやったから。

最初に来たときに、真っ暗な中でそこの山を登って、立った場所がちょうどあの広場のあたりだったんです。イバラで全身血だらけになった。そのときに、ゴーっと地鳴りがして、全身、雷にうたれたみたいになった。「あ、ここだ」って。その体験があったから、もうここだなと。

亜矢は「離婚する」って言ってた。身重だったし、もっと他に楽な場所はいっぱい、工房と家付きとかもあったのに、なんでここなんだって。「和宏は自分の好きなことばっかしてる」ってみんなに怒られました。

次に十月の天気のいいときに来たらめちゃくちゃ景色が良かった。あと水があるかどうかはチェックして。引っ越して一週間目に、水って普通、あんまり分けてくれないんだけど、村の人が十二人で引いてくれた。そのときは村で初めての移住者だったし、子供も来るってことで、村の人がすごい喜んでくれた。


なんか、やることがものすごく多くて。焼き物の、この薪窯の仕事は。二年かけて薪を乾かしたりとかするから。近所の山の材を出す人たちが、端材っていうのかな。もう出荷できない、株に近いところとか、穴が開いて空洞のやつとか、そういうのをよけといてくれる。呼ばれたらそれをすぐ取りに行く。タイミングを逃したらダメだから、取りに行って、おろして、割って、乾かして積んで、シートかけて。あとは土つくりから。

普段は明るくなったら娘が学校行くっちゅうんで、それで車を出して送って、それからコーヒー飲みながら和宏とミーティングして「今日何する?」って、そんな感じです。「じゃあ焼き物の、何かしようか」とか「誰々から電話が来て材を取りに行くことになりそうだから」とか。

伊賀からここに移って、つくるものも変わった。土が全然違って、伊賀の土って焼いても焼いても焼けないぐらい耐火度があるんです。ちょっと男性っぽい強さがある。こっち来ると、あんまり長いこと焼くと土がへたってしまって、焼き方が全然変わったし、土の質感も違うから。

引っ越して二、三年は、ちょっとあんまり焼き物がつくれなくて、っていうのも家をつくったりしてたから。そうこうしてるうちに時代が変わっていた。焼き物がなんかモダンで、シンプルな感じが良くなっていて、私たちが伊賀にいるときはコテコテのでも売れてたのが、もう売れない時代になってた。近所の人に焼きしめのものをプレゼントしたら、そういうのはみんな好きじゃないみたいで。こっちは釉薬ものが好きで、真っ黒とか。全然違ったんですよ、好みが。もうあっさりとその辺は、こういう焼き物はやめた。そのときからやってなかったんだけど、最近、京都のギャラリーさんからちょっとガサッとした、静かな感じのものを焼いてくれって言われて、また復活してる。

引っ越して十年は、九州の土しか使わないって決めて、ずっと九州のを使ってたんだけど、最近は伊賀も愛知も見たから、土の良さもわかるし、そういうのも使うし、色々ミックスする。この土なんですかって訊かれても答えられないんですよ。唐津と天草と伊賀と愛知と、全てブレンドしてるから、それはもういいやと思って。やっぱりつくってる土が違うからっていうのもあるけど、空気が違う。めちゃくちゃ影響しますね、その場所で。

人間的に油も抜けてきたのかな。こだわらなくなって、なんかこう、落ち着けるようになった。前は不安もあったからこだわるっていう。

この人とはつくる場所だけ分けていて、というのも、結構うるさいんです、こうしたらいいとか、ああしたらいいとか。それが嫌で。あと、私は全然気にしないでつくれるからいいんだけど、和宏は音楽とか、かかってるとすごく引っ張られちゃう。

昨日、不思議な人がやってきた、なんか、どっかからお姉さんが来たんだよね。「焼き物やってるんですけど、行っていいですか?」って。友達の紹介でもあったから「いいよ」って言って。でも前日に電話で「お父さんとお母さんも焼き物好きなので一緒に行っていいですか?」って。「いや、それやったらうちはそういうものを販売したりもできないし、普段、工房見学とかもしてないから、参考になることがあれば来ていただきたいんやけど、お父さんとお母さんはちょっと」と、そしたら「自分一人で行きます」って。でも十一時に来るって言ったのに十二時になっても来んくて。僕が十二時過ぎになって仕事場からこっちに来たら、その外のところにいたんですよ。「どうやって来たの?」と訊いたら「百メートル先まで、お父さんとお母さんに送ってもらった」って言う。「いや、それやったら挨拶しないといけないから、そういうことじゃなくて」それで僕はもう、怒っちゃったんだ。「それは人としてどうなの」って、そっから彼女の話をずっと聞いてたんだけど「なかなか初窯ができなくって、どんな風にしていったらいいかわからなくて」とか相談をされて、最後にお父さんが迎えに来た。お父さんが八十七歳で、お母さんが八十歳。えっ! 彼女ってもしかして僕たちより年上やったん?と思って。好き放題、言っちゃってた。若く見えた。植物的な人とか、ちょっと鉱物的な人っているじゃないですか。石っぽい人とか。彼女はもう、どう喩えていいか、どっちでもない。雷の鳴る荒れた日に現れたから、宇宙人やったのかなあって思ったりして。車で来ると思ってたのに、もうひょっこり、リュックを背負って、帽子をかぶってそこに立ってるから。雨の中でね。話してみたら心は間違いなく純粋なんですけど、焼き物やっていくには、大丈夫？って感じの人だったねえ。お父さんとお母さんが心配するのもわかる。ご両親は娘が心配で、相談に行くんだったら一緒に、みたいなことだった。「私たち先が短いから、なんとか娘に初窯焚いて欲しい」って言われたら、もう、何かさして下さいと言うしかなくなりますよね。いや、すっごい純粋な人で、ワンテンポ、ツーテンポ遅いから、いいもんつくると思う。「最近、たぬきがつくりたくなってたぬきばっかりつくってるんです」って言ってた。「ギャラリーの人に相談に行ったら、あれしなさい、これつくりなさいって言ってもらえるんだけど、ますます迷っちゃって」って言うもんで、いや、つくりたいんやったら絶対それをつくった方がいいよ、と。

この家はね、もともとなんでも自分でつくるのが好きだったから、工作とか、その延長でってことでもあるし、借金できないから自分でつくるしかないっていうのもあるし、工房とか、窯も。あとは以前、解体屋で結構長くバイトしてたんで。解体屋いくと、築何百年の古民家が一瞬で、二日で更地になっちゃうんですよね。そういうのを百軒、二百軒って壊しているうちに、家ってどんなに頑張ってつくってもこうやって更地になっちゃうんだって、そう思ったら、そこにあんまり労力やエネルギーかけるのは違うかな、と。

月に一回は焼いてるんです。ほんとはもうちょっと期間を空けたいんですけど、どうしても展覧会の依頼が来るんで。この人も断るのはもったいないって言ってくれるんでね。ほんとはそうじゃない仕事でいけたらいいんだけど、注文仕事とか。展覧会ごとに、テーマを決めてその店ごとに白磁だけにしてみたり、こっちは土っぽいのにしたりとか、全部混ぜてって言われたら全部入れるし。

ものをつくる仕事はプラスの作業に見えるんだけど、実は削ぎ落としていくことが大事で、それってやっぱり、やってないと気づけないことがすごくある。大体ほら、こうして、もっとこうしよう、もっとこうしようって意識がでてくるんだけど。土の良さを見せようと思ったら、本当はこの表現も付け加えられるけど、それをしたらマイナスなっちゃうからやめよう、と。つくり手としてはしたいんですよ、やっぱり、本能的に。でも、これを引き立てようと思ったらこうだよねとか、これ削らないかんよね、とか。そういう葛藤はどうしてもあります。展示の会場でも、あれも見せたい、これも見せたいと思うけど、こういうテーマなのにこれも出したいとか言ったらごちゃまぜになる。だから引き算の仕事はすごい大事。

最近、亜矢もだいぶ耐性がついてきて。僕も、こういうのつくってもらいたいし、言っちゃうの。この人はこの十年、だいぶ変わったけど、それまでは「言われた」って、すごい壁をつくっちゃってたんですよ。それは亜矢に言ってるんじゃなくて、そのものに対してこうした方が魅力が出るからって意味で言ってる。二十年間「違う、このものに対して言ってるから」って言ってもわかってくれなくて、最近はやっとわかってくれた。それまでは必ず夫婦喧嘩。すごい嫌われてた。逆に僕はつくったらすぐ「見て、見て」って言うんですよ。でもこの人は見てくれない。で、僕は毎日、亜矢は何をつくってるのか、もう興味津々で、それでいらんこと言っちゃうからますます嫌われて。僕の仕事場も見に来てって言っても、一週間も見に来なかったりとか。とにかく見に来てって言って、最近はしぶしぶ見に来てくれる。

やっぱり性格ってあるから。亜矢はつくってるところを人に見てほしくない。僕は人がつくってるのも興味あるし、自分のも見てほしい。めちゃくちゃ差があるから、だから夫婦なんやろな。

こうじゃないとか言われて、直しはする。自分が思ってることだったらやりたいけど、それにあってないことを無理矢理っていうのは。言われると、しょぼくれちゃうんですよ。私が和宏に言わないのは、のびのびしてほしいから。自由にしてもらって。私はその隙間のたりない部分で自分ができることをして、一つの仕事やから、それでいいかな。この人が私のやつそっくりにつくって「つくっといたからな」とか言われることもあったりして。こだわらなくなって楽になったけどね。自分の殻がなくなったっていうか。

始めてから十年くらいは、もうとにかく自分で表現したくて。それからまた十年ぐらいしてると、なんか、ものをつくる大変さもわかるし、続けることに一生懸命だった。いま思ってるのは、やっぱり薪にしても何十年も森で育ってきた命を頂いてるわけで。たぶん、火があんなに輝いて熱を出して燃えるのは、その命の時間のエネルギーが燃えてるってことだと思うんですよ。土にしたって、もう何十万年とすやすや休んでたのを、スコップでね、追い出されて。どうやってそれを生かすか、そこが一番しないといかんことかなと思ったら、つくるプレッシャーもあんまりないし。それよりどう生かせるんやろって。

二人で相談することも大事だなってなってきたね。

例えば木工の、機械の人はね、酒を飲まない人が多い。危ないですよ。ほら、ちょっと鈍るじゃないですか。指が飛んじゃうんですよ。陶芸をやってる人が酒を飲むのは、まあ、暇なんじゃないかな。自営業で、日常家で仕事していて、出かけない。時間の切れ目がなくて、このモチベーションでずっといくとテンションが下がらなくて、寝るときに、なんかこう落ち着かないからお酒を飲むことでスイッチを切る。それもあるかな。だから私はちょっと飲むんです。

山間部で、冬、マイナス十五度になることもある。いまは窯の横にビニールハウスを囲ったりしてる。あれが二年前ぐらいですかね。それまでは無かった。焼き物は釉薬をかけて窯の中に詰めるんだけど、釉薬のバケツが凍るから。じきに手の感覚がなくなってくる。

若い頃は、あったかいところがいいなと思って、寒いの苦手やってんけど、最近、歳取ってきたら寒いのもいいなって。ピリッとするっていうか、動きがピンとするっていうか。ここ何年か、朝起きたら水浴びもするんですよ。やっぱり、自分にどんどん甘くなるから、なんかそういうの嫌やなと思って。本当は最初、宮崎の方はあったかくて、のびのびとした雰囲気がいいと思って来たんだけど。ここは違いますね。ここにいるからかもしれないけど、ワインを手土産に遊びにきてくれる人とかも、寒いところでつくったワインを持ってこられることが多くて、そういうところのワインは、ちょっとドキッとする、切れのある、怖さのある味がする。ああ、やっぱり寒いところいいやん、と思ったり。

　つくる器は、どっちかっていうと僕のは野暮ったいって言われるし、おおらかなのが好きなんやけど、人間っぽいのも大好きなんやけど。道具つくるのが好きだから。でもつくってる過程ですごい綺麗な土の現象があったり、亀裂であったりとか、模様やったり。その模様とか亀裂を表現したいと思ったら器じゃできないものってあるじゃないですか。そうなったらちょっと器から離れて、そういう表現もしたいなと思うけど。そこまで継続してやってないから。この釉薬のこの質感がとにかく好きだってなったら、もう器としてではそれは伝わらないなと思ったら、そっちになっていくのかなって、なんとなくね。

　和宏とは大学の同期で、彼は車のデザインがしたくて、その頃は車のスケッチばっかりしてた。焼き物は変化していくんです。つくったものが、どんどん形が変わっていく。彼はそれが嫌だったっていう話はしていて、ただ、大学二年の時に子供ができたんですよ。長男の太郎が。学生結婚するかってことになって、それで生活していかなきゃいけない、じゃあどうするって考えて、焼き物するかと。焼き物してたら好きなこともできて、お金も稼げていいだろうと。子供のためには自然のあるところで育てたいっていうのが、和宏は二十歳だったんですけど、それはしっかりしてました。普通、当時の学生だったら、子供できたって言ったら堕ろそうか、になるはずなのに、この人は「僕たちはものをつくる人間だから、生まれてくるんだったら育てよう。ものをつくる人間だから、それ大事やんか」って言った。そのときに賛成してくれたのは、和宏のお母さん、あとは私たちの焼き物の師匠の先生、鯉江良二さんの二人だけだった。夜になると友達もかわるがわるやってきて「よした方がいいじゃん」とか「頑張って。でもなあ」みたいな話で。大学もお腹大きいまま行かなきゃいけないんだけど、つわりがひどくて、最初は同じ学年やったけど結局私は卒業が後になって、この人は早く出て、それから新聞配達をしながら焼き物をするっていう。朝日新聞の正社員。集金もしていた。集金は、集めに行くとすごい嫌がられるんです。自分で新聞とっといて払うの嫌だっていう人が多くて。和宏は自分で立て替えて払ってた。あ、この人、この仕事全然向いてないなと思った。もう辞めてって。働きには行かんでいいから、いくら貧乏でもいいからって言ってもらってから焼き物を始めた。最初はガス窯だった。ガス窯って燃料が一本四万とかして、それを見かねた近所の彫刻出身の先輩が「土地があるからそこに仕事場とか薪窯をつくって、廃材があるからそれを薪にして、そういうの、つくれるよ」って言ってくれた。その人が一緒につくるって言ったからその人の窯だと思ったら、仕上がったら私たちのためにって。それで薪窯ができて、愛知県なんですけど、大学のすぐ麓で、車で行ったらもう一分ぐらいで行ける場所にそういうぽっかりした場所があった。家は、名古屋の市営バスの使わなくなった車両を何台も置いて、そこに住まわせたりとかするような、アパートみたいな場所があった。ゆふさんも確か以前、そこに住まわれてたんですよ。そこから薪窯の仕事が始まって、何でもつくれるよっていうことで、でも最初はもう全然うまく行かなかった。始めはつくることだけでも精一杯だったから、つくってつくって、焼いて焼いて、祭りに出す。瀬戸物祭りとか。祭りという祭りに出してたら、一年食っていけるだけの収入ができた。二日間で何十万と稼げて、そのために一生懸命つくった。勢いがある時代だったからできたんだけど、そこでどっかのギャラリーさんが、注文というよりは買いつけにくるようになった。それから徐々に広がっていった。そうこうしてるうちに私たちの住んでるところを大家さんが駐車場に使いたいと。愛知で万博があるとかで、その駐車場に。それか、値上げするから家賃払ってくれれば住んででもいいってことだったんだけど、それまで月二万の家賃で電気水道代込みだったんです。だからやっていけた。家賃は滞納しても後でまとめて払うことができたし。長男もちょうど小学校にあがる歳になってたから、こんな不安定な、ときどき水道も止まったりするところに住んでるのはどうやろう、もうちょっと落ち着いた場所で、小学校に通えるところにしようかってことで、この人の実家が三重県の伊賀市、そこのお父さんの土地を使わせてもらおうか、と。引っ越して、また一から窯小屋と工房をつくった。そのタイミングで私はまた次男がお腹にできた。出産は三重県で。そこでしばらく、九年ぐらいやったんかな。そのあたりには名古屋と大阪をつなぐ名阪国道っていう便利な道路が通っていて、そこの脇の大きな食品工場から出る産業廃棄物を捨てるのにちょうどいい場所だったみたいで。もともとは農地だったところが、もう農業をする人もいない、それでそういう業者さんが産廃を捨てるようになった。仕事をしていたらすごい匂いが、食品の産廃だったから臭くて、もうご飯も食べられない状態で。それでこの人が土地探しをしてくれて、ずっと探して。近所を探したけど無いし、あっても高いし、狭いし。岡山とか色々探してくれて、でも無くて、九州に来たら結構あって、安いし、広いし、こっちがいいねってことでここに。いつかこういうゼロから、ゼロよりマイナスでもいいから、そういう場所からやりたいってずっと言っていた。それまでは、これは練習だ、練習してるんだって言って古い家に住み続けてたから、この歳で本番がないといけないなと思った。そしてそのタイミングで一番下のつくしが生まれた。

次男の半蔵もたまに陶芸しようかなって、つくるときもあるんですけど。長男の太郎も焼き物始めたし。

いまは亜矢と連名で出してるんだけど、本当はね、工房名で出したいんですよ。でももう二十年以上、名前でやってきてしまって、なんか今更って感じもして。なんかいい工房の名前、あるといいんだけど。

感電

三重県中部の多気町、玲奈さんと太郎さんは古い民家の床を張り替え、傷んだところを直して住んでいる。庭のそこかしこに玲奈さんの手による装飾が施してある。玄関脇の低木の枝に貝殻がさしてあって、その木が貝殻を実らせているかのように見えた。

二人は私たちのために昼食を用意してくれた。わさび菜と水菜のサラダ、菊芋のフライ、生姜とアオサの吸い物、ムカゴの炊き込みご飯、蒸した里芋にジャークチキン。居間の隅にはオーディオセットがあって、棚にレコードが並んでいた。部屋のなかにも玲奈さんがつくった置物や器が並べてあった。枝を編み込んだ何か、紙を加工した何か、そのほか説明し難い創作物。

食事のあと、太郎さんと乃木浦さんは台所に掛けて話していた。ライ美と私はアトリエにお邪魔した。台所の脇の小部屋が玲奈さんのアトリエで、彼女は床にキャンバスを広げて描いていた。意外にも玲奈さんは絵を描くとき、ギャングスタ・ラップを大音量でかける。デスクの正面の壁に強面のラッパーの顔写真が貼り付けてあった。私はしばらくその写真を眺めていた。気づけば背後で玲奈さんとライ美が何やら話し込んでいる。玲奈さんはその手に丸い石を握っていた。

「このあいだ友達と川に遊びに行ったとき、裸足で浅いところを歩きながら川底の石を見てたのね。水面で光が反射して、底にある石がパシャッ、パシャッって感じで弾けて見えた。そのときに、あっ、わかった！って思った。水があるから光が屈折して、石っていう形を見せてるだけだって。どうしてこの赤とか緑とかの石があるかっていうと、光と水と……。うーん。そのときに体験したことだから、うまく説明できないんだけど。輪郭がある、物質があるって、光と水があるからそんな風に目に映ってるだけで、ラインが曖昧っていうか。だから本当は何もかもが、有るようで無いんだよ。そのとき時間の流れのこともわかった。川の上流の方を向いて立っていて、川が流れていて、自分は立ってるだけなのに動いてるように思っちゃうんだよ。人が生きていくときにこうやって時間が流れてると思ってるけど、実は立ってるだけなんだよ。進んでるとか、成長してるって思ってる。

だけど成長してないの。成長してるっていうのは、逆流。逆流することが成長してるんだよ。川に流されていったら、全然成長になんなくて」

「記憶ってそもそも曖昧で、昔の記憶で覚えてないこといっぱいあるでしょ？　逆に未来の記憶でも、覚えてることがあるでしょ？」

「デジャヴ？」

「デジャヴもそうかもしれないけど、何かがうまくいくか、いかないか、よくわからないこともあれば、わかってることもある。例えば最近、友達に好きな人ができて、その人とうまくいくかな、うまくいかないかなって言ってたんだけど、もう本人がわかってるときがある。それって一回、みんな体験してるから、本当は。一回体験してるのに忘れてること、あるでしょ？　過去のことでも。例えば前に見たことあるのに、あ、これ初めて見たかもって勘違いしたり。実は全部ね、見たことあるの。記憶っていったら昔のことだけだとみんな思ってるけど、本当は違って、過去のことも未来のことも、全部一度体験してるんだよ」

私には二人の言っていることがうまく理解できない。玲奈さんは「頭をパーにしたらいいんだよ」と言った。ライ美が「私は全部、疑ってたから。この世の中を」と言うと玲奈さんは「わかる」と同意した。

「うちらはただデータ板の上にいるだけ。ただの鏡あわせなの。鏡が向かいあってる状態の空間に光の屈折と水だけで存在させられてる。うちらは絶対、データ。数字。でも自分がこんな風に変なことになったの、一つだけ原因でわかることがある。ちっちゃい頃に感電したことがあって」

「私も！」

「やっぱり。感電したことがある人って、思うんだけど、脳の何か、はまってる何かがずれたんだと思う。幼稚園の年長さんのときに、コンセントの穴二つに針を突っ込んだの。突っ込みたいなあと思って。そしたらその瞬間にブルッ！ってきて、ハッハッハッって呼吸がおかしくなった。何これ！って超怖くなった。おばあちゃん、いま針突っ込んだらブルッなった！　ブルブルしとるって言ったら、アホやな！　死ぬやんな！ってすごい剣幕で怒られた。本当に、ブルン！って感じで。だけど太郎も一度感電してるんだって」

「太郎さんも？」

「太郎が子供の頃、ロシアにいたとき。電圧が強いやん、ロシアって。おもちゃの電源入れるためにコンセントにさそうとして、間違って指、突っ込んじゃって、ビリビリビリって感電して、大やけどしたんだって」

「私も針金みたいなの突っ込んだ。ビリってなって、死んだかと思った。頭の中が焦げたと思った」

「うちはそれでアホになったんかなって思ってる。中学校の時は悩んどったからな、なんでこんなにアホなんやろって」

「あれのせいでアホになったとは思わなかったけど、なんでこんなことやりたがるんだろう、とは思った。でも、マッチとかも好きじゃなかった？」

「わかる！　カミソリも。ツーって触ったら、アッツーって。血が出て、これってなんか、切れるやつなんやって」

「マッチとかライターとか。床が焦げて、お母さんに怒られた。絶対ダメって言われたことをしちゃう。ダメとダメじゃないがわからなかった。包丁も好きだった。高いところから飛び降りるのも好きだった。梯子とか木があったら全部登っちゃう。あと、柵のあいだに頭ね」

「おんなじことある！　頭突っ込んで、こう、引っ張って、あれ？って。最後はお父さんが来て、こうやろが、って抜いてくれた。そういえば家出したことある？　玲奈はあるよ。小学生の頃にお姉ちゃんと二人で遠くまで家出した。お昼ご飯、お姉ちゃんとおばあちゃんとおじいちゃんと四人で食べてた。うちのおじいちゃん、超アル中なのね。ほいで、昼から鬼殺し飲むの。ほんでおばあちゃんが、あんた、昼から鬼殺し飲んどらんと！とか言うと、うるさい！とか言って、おじいちゃん普段はめっちゃ優しいのに、怒るんよ。おばあちゃんがあるとき涙をポロって落としたの見たときに、おじいちゃん、おばあちゃん怒っとらんといて！って、めっちゃ泣いたら、おじいちゃんが、やかましい！とか言って。怒るときだけ顔が超怖いの。そしたらお姉ちゃんが、玲奈、家出するよって。そんとき、家出って何？　家を出るって知らんだ。そしたらお姉ちゃんが、いいよ、玲奈、私についてきてって。それでずうっと、ちっちゃい子供の足で、隣の二見って夫婦岩があるところまで海岸を歩いていったんやけど、途中から疲れてくるし、知らん町になって怖くなって、お姉ちゃん、もう私帰るわって言って戻り始めたら、お姉ちゃんが、え、ちょっと待って、ずるい、私も帰るって。二人で家に帰ったら、どこ行っとったんや！　警察電話するとこやったぞってみんなに怒られた」

「おじいちゃんが飲みすぎたのがいけなかったんだよねえ」

「でもおじいちゃんのことはめっちゃ好き。大酒飲みで、いっつも転がっとって。自転車で飲みに行って、帰りに自転車でこけて、頭から血、バーって流しとって。友達から電話があって、玲奈ちゃんのおじいちゃん、私の家の前で倒れとるよって。迎えにいったらおじいちゃん血だらけで、あ、すまんかったなって笑っとる。笑っとったらいかん！とか言って、いっつも連れて帰る。あと、酔っ払って、海岸沿い、帰りに海にジャポーン入って、もうそれ八十歳くらいよ？　泳いでずぶ濡れになって帰ってきたときあって。じいちゃんは、あんさ、はまったんさ、海に、とか言って笑っとる。次の日に学校行ったら、昨日どっかのおじいさんが海に落ちて、泳いでたらしいよって噂になってて、それうちのじいちゃんやわって言って。そういうじいちゃん。めっちゃ面白いじいちゃんやった。戦争の話もしてくれたよ。満州に七年おったんやって。ここに弾丸が入ったって言っとった。麻酔無しで、弾丸が入ったところ、水流して金ダワシでこするときが一番痛かったって。痛ってなあって。隣の家のおじいちゃんは東南アジアに行っとって、食べ物がなくて、ポーチュラカって花を食べたんやって。ポーチュラカだけはあんときは救われた、すっぱってうまいんや、とか言っとった。お腹が空きすぎて、夜中に畑で芋をほって、生でも食べて。あるときアメリカの人に見つかったんやって。そしたらその人がいい人やって、部屋に招いてくれて、シャワー浴びさせてくれたんだって。アメリカの服きさしてくれて、ようしてもらったわあって。いい人もおんのやなあ」

それから連れ立って外に出て、みかんの木に登ったり菊芋を掘ったりした。

家の周囲を探検したあと、居間に戻ってコーヒーを飲み、部屋の隅に巻いて立てかけてあるたくさんのキャンバスを絨毯に広げて皆で眺めた。洞窟壁画のような、あるいは大航海時代の地図のような絵が次から次へと現れる。玲奈さんの描いた色や形が、目の奥に折り重なった。

ザイール

高知県南国市。海辺に位置する県庁所在地の高知市からしばらく内陸に入った国道沿いの一軒家。竹細工作家である大造さんの工房は周囲を田んぼに囲まれていて、後方には濃い緑の山並みが連なっている。

竹は二十八歳からやから、いまちょうど二十年いったかなあ、ぐらいです。これは結構、最初の方につくったやつですね。いまのとあんま変わらない。悲しいやら。こっちのも二十年前の。洗濯籠。洗濯物取り込んだり。ちなみにあの石は、臼です。前にもっと暇だったときに、米をつくっていて。もみをはずすのにすごい苦労して。彫刻刀で削ったんです。もみのついた米を入れて、こうやって、こっからバラバラ出てくる。いまはお米はね、うん。竹の仕事の方がね、一応、きはじめたんで。

竹の前は、あんまりちゃんと働いてはなかったけど、バイトとか、他のことして。二十代の頃、東京に行こうと思って歩いて行ったんですよね。山の中通って、二ヶ月くらいかかったかな。リュックを背負って「あ、東京は北だな」と思って、ここから一山越えたあたりで、一番、奥になる家がちらほら出てきた。そこのちょっと向こうくらいで林業してるおっさんに会って。そのおっさん、草刈りしていて、僕の足音が聞こえんかったみたいで、なんか「上から来た！」ってぎょっとしてた。「オラんちの裏から来た！」「おまん、どこ行きようぜよ？」って。「いや、ちょっと東京まで」。そしたらそのおっさん、なんか悲しい顔して。「可哀想に」みたいな、切ない顔してた。

でも歩きやき、それに道歩いても面白ないやんか。山に入って、やっぱり四国山脈ってこういう感じになってますよね。それを越えんといかんくて、結局、すっごいアップダウンした。途中、気に入った小川のほとりなんかがあったらそこで一週間ぐらい。米がなくなったら、まあ、次行こうって。山で雨が降りそうになると薪に火がつかなくなる。降りそうだなと思ったら急いで薪を集めるんやけど。どうしても雨に降られて、もう何日間もテントから動けない。リュックサックの中もなるべく荷物少なくしようと思って厳選してるから、燃やすものがなくて。どうにか燃やすものを、と思ったときに、あ、パンツだと思って、パンツ脱いで、火をつけて、焚火にした。それで気づいたんだけど、パンツなんて、パンツなしで大丈夫なんやと思って、以来、僕はパンツを履いてない。パンツがないから、便したあとは水で、手で洗う。そうするともうそれが一番清潔だから。ティッシュで拭いてパンツみたいな、そういう生活は不潔で、もうそんな生活には戻れない。いまでもトイレに、ペットボトルに水を入れて置いてる。

薪ストーブとかで、竹だと火力が強すぎて、結構、一瞬でバッです。僕はストーブで竹も使いよるけど、大体わかるき、竹も混ぜて入れたりするけど、まあ、入れて、二分はもたんもんね。大きい木の薪だったら一時間、二時間とか。

あんときは僕、ザイールに行きたかって。で、足腰鍛えな、と思ったのが一つ。あと、大使館にちょっと情報もらいに行こうと思って。ザイールにはピグミー族に会いに行きたかった。狩猟採集だけで生活するっていうのは一回やってみたくて。日本の山だと特に四国は杉の木がほとんどやって、生活とかとてもじゃないけどできないし、食べ物もすごい少ない。かなり奥の山に行っても植林があるんです。もう限界まで来たら笹になる。四国を横断するのにひと月以上かかって、瀬戸大橋はヒッチハイクしました。中国地方に入ったら結構道が整備されていて、山でもちょっと超えるとすぐ道に出るんですね。もう面白くなくなって、あとは電車でいいやって。

そのときはまだ竹はやってない。なんか、楽して、その日暮らしみたいなのしたいなと思ってた。あと所有物もすごく、認識が薄いというか。そんな、物持ってしんどい思いせんでもええやんか。イリオモテにもちょっと住んでたことがあって、行ったらやっぱりあったかくて、山も結構恵まれちゅうき、物持つっていう感覚が薄い気がする。緩いというか。大体、首輪がついてるのがすごく嫌というか。なんかこう、管理されてる世の中が嫌で。ザイールは結局行かなかった。東京でザイール大使館には行った。向こうの英語のなまりはすごいきついし、こっちなんかすごいダメな英語だから、相手が何を言ってるかわからなかった。そしたら大使館の人が怒っちゃって、帰れ！って言われて、帰ってきた。

山の中をうろうろするのはそれ以前からずっとやっていて、合間にバイトするような生活してた。そのあと派遣社員の仕事。いや、その前に絵をずっと描いてた。座りっぱなしで、何ヶ月も描いて、足腰が弱くなって、本当に体力がなくなって、日常生活ちょっと困るぐらい弱くなった。お金も無くなってきちょったし、ま、とりあえず、手っ取り早くっていうので、軽めのがいいと思った。パソコンの組み立ての仕事があって、それに行ったたんですよ。島根の工場で一年、ネジしめとか。それで思ったのが、全然好きな作業じゃない。こんなつまんない仕事よく一年もやれたなって、なんか自信がでてきて、じゃあ好きなことだったら一生できるかもしれない。それはちょっと思いましたね。そんときは竹とか全然思ってなかった。

竹は一年、学校に行ってます。大分の職業訓練学校があるんです。全国で、職訓で竹細工はあそこだけ。大分が産地で。

なんとなく、二十代でウロウロしてた頃もそうなんだけど、どこ行っても竹はあるんですよね。使われてる気配もあんまりない。あ、材料いっぱいあるわって、軽い気持ちで。この辺りに竹細工の伝統とかはないです。竹は循環が早いですよ。そういや、子供の頃、すぐそこの同級生が竹の子掘りに行って、よいしょって地面に座ったら竹の子の上に座ってしまって、泣いたっていう。結構、葉っぱで埋もれて、見えんやんか。「たっしゃんが泣いた！」って。そりゃ痛いわって。

漫画も描いてるんです。『竹取者語』。ギャグ漫画なんですけど。ちょっとね、内輪ネタすぎて、意味がわからんかもしれん。全部本人。モデルがいる。知り合いばっかり。二ページ描くのに三時間くらいかかるんです。『竹取者語2』、実はもう描いて、渡してあるんですけどね。

湿度はちょっと気をつけないといけないんです。っていうのは、カビるんですよ。時間経つとだんだんカビなくなって、これとかはもうここにずっといて大丈夫だけど、出来たてってちょっとカビやすくて。つくりたての、一年目の梅雨時期とかがカビやすい。二年目ぐらいから、まあ、だいぶ来ないな。

カビは年月経ったらほとんどわからんなってくるけど、カビたあとアマゴっていうのが後になって残る場合があって、カビまくって、それを放置してたら結構竹の奥までカビが入ってシミになることがある。一年目だけ、ちょっと目をかけて見てあげてっていう。

道具とは違うものも最初から、両方つくったりしていました。やり始めた頃は普通の籠って全く売れなかって、まあ、あんま需要がなかって。「ああ、懐かしいね」言うて、おばあちゃんが見ていくけど、買わない。二十年前、本当に閑古鳥。

球体をつくるときは、大体、なんとなくで。竹は張りがあるじゃないですか、曲がりたくないっていう。でも曲がってくれるぐらいの。だから丸くなろうとするんです。閉じ込めようとすると、抵抗して、張ろう張ろうとして球になる。四角い籠より丸い籠の方が弱点がないです。

台所には自作のロケットストーブが二台設置されていた。大造さんはストーブに竹をくべて、かたわらにあった郵便物を手に取った。税務署から送られてきた書類のようだったが、大造さんは躊躇なく破って焚き口に突っ込み、マッチを擦って火をつけた。あっという間に燃えあがり、上部の穴から火を噴いた。

鹿

滋賀県甲賀市の信楽町、舗装されていない脇道を車でしばらく進んだ先に、少し開けた場所があった。そこに上田さんの窯場がある。窯の向こうに夥しい数の薪が積み上げられている。

最初はほんまに器っぽい、ろくろでシューっとひいた綺麗なお皿みたいなのつくってたんです。信楽の土なんで、すごく温度をあげて焼くとポッポッがいっぱい出てくるんです。蛙目《がいろめ》粘土っていうのを使っていて、中に入ってる硝石のツブツブが高温で吹き出してくる。それとか赤土やったら鉄分が多いので、一緒の温度帯で焼くとペタッと溶けて板状になる。焼き方一緒やのに、土の成分で変わってくるのが面白いなと思って。それで色々試してみようかなあと思ったのが初めかな。

これは棚板っていう道具があって、その上に焼き物をのせて焼くんですけど、よく見たらその棚板がいい感じやったんで。焼き物専用の。カーボランダムっていう材質で出来てる。こういう砂っぽいのがついていて、それに近いイメージで焼き物にしてみようと。

そっちのやつは土をぎゅっと握って、その形がよかったんで。握ったらグニュグニュって指の間から出てきた感じが。

でも焼いて窯出しすると、うーんってなるんです。あんまりいいのできなかったなあ、なんか残念、みたいに。こうなって欲しいとか思ってることはないんです。そんなに思い通りにもならないってわかってる。だから、いいのできたとか、悪いのできたとか、そういう気持ちではないつもりなんだけど。作業場に持って帰ってきて、それを綺麗にして見てるうちに、ここらへんはよかったなって、あとになって気づく感じですかね。

三十点くらい窯入れして、一個か二個、ぐちゃぐちゃになってよくわかんないのがあるくらい。でも、よっぽど地面にべっとり溶け出して取れないくらいのが失敗で、形を保ってるのは成功、割れてるのもあって、それはそれでいい。焚き終わって、窯はすぐに開けずにしばらく待ちます。その間は、完全に忘れてます。温度が下がっていく。三百五十度くらいが一番割れやすい時間帯で、そこを超えると大丈夫です。

窯出しのときは百度いかないくらい。あったかいけど触れる。持って帰ってくるともう冷たくなってる。

前は夜中三時までつくって、朝六時に起きてまたつくって、そうやってずっと続いてたんですけど、ここ最近は子供の時間にあわせて制作時間が変わってきてます。子供を朝送り出して、夕方五時に帰ってくるまでのあいだにつくってる。落ち着いてきてるというか、安定感を求め出してる気がするんですよね、生活と一緒で。これが良いことなのか良くないことなのか、いまちょっと、うーんと思ってるところです。

わーっと考えてこれつくろう、あれつくろうと思っても、実際にはそれをつくってないですね。アイデアとかメモするのに、メモに書いてるのをつくることがないんです。最近、奥さんに「なんでメモした奴つくらへんの?」って言われた。もういいかなと思ってしまって。その場で考えながらつくってしまうことが多いです。

なんとなく壷状になっていて、なんか使えるなあ、みたいなんが感じられるくらいでしかつくってないです。釉薬はこれにしようというのはあんまり決めてないかな。近くにあったやつをつけることが多いです。

土と釉薬の違いはあるといえばある。なんやろ、一般的に製品としてわかりやすいように、土、釉薬って分けられてる。でもそのあいだのやつがあってもいいかなと思って、それを塗り重ねて、面白いものを。

この形をつくりたいからこの土を選ぶっていうわけじゃないです。この土があって、じゃあもうなるようになってってください、です。崩れやすい土をとってきた場合は、この崩れやすい土でどんなんできるかなって考える。

二人展のときは僕がつくったやつに絵付けしてもらったんですけど、お任せします、という感じで。今回の展示もフラストレーションはなかったです。ま、いいかな、と思う。人に任すの気楽やし。だから決断力がないっていうのも、いい方向に向かってるんかなって気がします。

広くて静かなところが一番つくりやすい。いまの作業場は広いから気楽につくってます。いくら散らかしても大丈夫だから。自宅の脇でやってたときは狭いなあと思って、薪窯の手前のところで、外でつくっていたこともあります。広さは必要っぽいです。音楽はかけません。静かな方が落ち着くし。つくってない時間。ただ椅子に座ってるだけの時間は、作業場行ってもあります。ぼーっとしてます。何も考えてないです。何も考えてない状態が好きで。何かつくらないといけないんだけど、ずっと、ぼーっとして。で、そろそろつくろっかなって気持ちになります。落ち着く場所は、やっぱり作業場かなあ。あと、窯焚いてるときも結構気楽です。

　薪窯がなんか、いいすね。長い時間焚くし。三日ぐらい焚く。ガス窯で小さいのは十二時間で焼きあがったりする。それやったらちょっと迫力不足というか。物足らんなあって気持ちになっちゃう。薪窯でも一日焼いたやつと二、三日焼いたやつは、やっぱり二、三日焼いたやつの方が、深みがあるというか。

　薪は森林組合の間伐材とか、ゴルフ場で切り倒した木とかをもらってきます。現場まで取りに行って、窯場に積んどいて、あとで割る。薪割りも楽しいです。アシスタントとか雇ってる人、多いんですよ、最近。でも僕は全部一人でやりたい。薪割ってることも制作に役立つと思っていて。なるはずやと思ってやってる。

　年に三、四回焚きます。淡々と、十分おきくらいに薪は投げます。投げ込んで、蓋して、はあって落ち着くときが一年間のうちで一番リラックスしてる時間帯ですね。これが済んだら一仕事終わりやし。全部精算される。夜中に鹿がきます。近くに草を食べに来てるだけなんじゃないかな。じっと立って、向こうから見てる。見てるだけです。僕も見てる。薪がパチパチ言ってて。

ジミ・ヘンドリックス

江古田のアトリエを訪れてから三年の後、角田さんは宣言通りに次の土地へと拠点を移していた。甲府の一角にあった古いワイン倉庫をアトリエに改装し、日々描いて過ごしている。江古田の頃よりも号数の大きい絵が増えていた。


昨日、親父の葬式だった。

でも全然問題ない。今朝からこっちに戻る予定だったから。

前のところより広くなって随分やりやすくなった。

その骨は鹿だよ。この近くで拾った。鹿は本当によく出るんだ。小鹿とかも見かけて、最初は可愛いなと思ってたけど、畑を荒らすからだんだん憎らしくなってきた。ほら、こんなバンビの写真も撮った。立ち上がる前のバンビ。触っちゃいけないというのは聞いたことがあったから触らなかった。触ったら人間の匂いがついて親が世話をしなくなるらしい。甲府はみんな葡萄農家。葡萄は儲かるみたいで、でかい家が多い。冬場は何してるのって訊いたら、海外旅行してる。外車もやたら多いし、豊かなもんだよ。

親父は一ヶ月前、元気でピンピンしてたのに。腸炎になって、入院したんだけど肺炎にもなって。それで結構、急だった。弟と二人で、葬式とかしたことがなかったからどうしたらいいかわかんなくて、ほんとに参ったよ。親父が俺のことをどう思ってるかはよくわからなかった。でも俺が非常識なことをしても、あいつは特別っていつも言ってたらしい。死んだ後で弟から聞いた。親父は自分が生きたいと思ったように生きられなかった人だった。それで好き勝手にやってる俺のことをそんな風に思っていてくれたのかもしれない。

人はいつか死ぬわけだから、納得のいくように生きないといけない。

絵でやっていこうと決めたのは、前に話したみたいにいくつか理由があったんだけど、一つにはリチャード・プリンスの存在も大きかった。そのときはデザイナーをやっていて、彼の本のブック・デザインを受けることになった。彼がこっちにきたとき、俺が車に乗せることになって、そのときにジミヘンが流れてきた。迎えに行く前にカーステレオでジミ・ヘンドリックスのCDをかけていて、それがそのまま再生されて。そしたらリチャード・プリンスが「おい、車を止めろ」と言った。やばい、嫌いだったかな?と思った。「これはお前が選んだのか?」って訊かれて「そうだけど」って答えた。「俺が初めてアメリカに来たときに聴いたのがジミ・ヘンドリックスだった。ここでこれを聴いたのにはきっと何かの意味がある。よし、俺はジミ・ヘンドリックスのシリーズを作るぞ」と言った。彼はパナマからの移民だから、アメリカという国家と向き合って生きている。マルボロ・マンのあの写真にはいろんな意味があるだろうけど、そのときは「資本主義への挑戦だ」と言っていた。しばらくしてリチャード・プリンスは本当にジミ・ヘンドリックスのシリーズを発表した。芸術家っていうのは、言ったことを実行する人間のこと。あのシリーズでそれがわかった。

彼と「生きるとは何なのか」って話をしていたときに、突然「お前はギャンブルをするか?」と訊かれた。「一億ドルが手元にあって、そのうちの十万ドルを賭けるんじゃなくて、一億ドルのうちの一億ドルを賭ける。そうすると胸が動くだろう? 一億のうちの十万じゃ動かない。一億のうちの一億だとムーブする。生きるっていうのは胸がムーブするってことだ」と彼は言った。リチャード・プリンスがアトリエの写真を見せてくれた。山の中の小さなオンボロの小屋だった。彼はニューヨークの一等地に一番大きなアトリエを構えていたはずで、それを無くして、いまはその山小屋で制作してるって。「全然問題ない。芸術家はまた作ればいいんだから」と言っていた。

「お前はデザイナーじゃなくて芸術家だ」と言われた。「どうしたらいい?」って訊いたら「Tシャツをやれ」と言われた。「Tシャツとジーンズは二十世紀アメリカの偉大な発明品だ。ただの下着と作業着をファッションにした。でもまだアートにはなってない。お前がそれをやればいい」と。

それまでは事務所の人間に「Tシャツの話みたいなのは断れ」って言っていたんだけど、彼の話を聞いてからは「受けろ」って指示し直して。そしたら不思議なもので、すぐに話がきた。繊研新聞の知り合いを通じて、静岡のシルク・スクリーンをやってる会社からの話だった。そこはハイ・ブランドのプリント仕事を請け負っていて、一枚三百円とかの工賃でやったものが何万円って金額で売られているのを見て、自社でも何かやりたいと考えたみたいだった。ギャラは無しでいいから、その代わり一切口出しをしない、そういう条件をのんでもらって、五木田と『ポエトリー』でTシャツを始めた。毎週静岡まで行って五木田と俺と五十枚ずつ、自分の手で刷って作った。正直、商売のことはあんまり考えてなくて、世界のどこまで届くか？っていうのが『ポエトリー』の実験だった。反響は大きくて、すぐにパリのコレットから置きたいって言われて一緒にやることになったし、いろんなアーティストとコラボレーションすることもできた。ティルマンスとか、それにリチャード・プリンスとも。実験し尽くしたところで、Tシャツは終わり。

「芸術家は余計な人と会わなくて済むからいい」とリチャード・プリンスは言っていた。この間、彼の作品集のデザインの話がまた来て、ギャラリーの人のところに持っていったら「もっと今風なおしゃれなのがいい」みたいな馬鹿なことを言ってくるから「その判断はリチャード・プリンスがしてるのか？　彼が言ってるならわかるけど、お前らのセンスで言われても」って言ったら「彼の判断じゃない」と。それで、ギャラリーの人たちがなんか困ったみたいな顔をしていて。「リチャード・プリンスに会ったことあるんですか？」って訊かれたんだよ。みんな、まだ会ったことないって言うんだ。「アシスタントなら会ったことあるけど」だって。彼クラスになるとギャラリーの人とも会わないでやれるのかと思って驚いたよ。

彼は「芸術家は死ぬとき、作品の形でサインを送る」と言った。例えばアンディ・ウォーホルの最後の作品。同じ写真を何枚も、色だけ変えてそれを並べた。絵を描くっていうのは、結局は色を塗るってことだから、彼は最後、ただ色を塗った。アンディ・ウォーホルはほとんど急死していて、描いてるときに自分が死ぬとは思っていなかっただろうけど。「俺がサインを送ったら、自分の作品を持って俺に会いに来い」と、リチャード・プリンスは言った。

スケートボード

伊豆の国市、田中山の山頂付近で渡辺さんは制作を続けている。

表現できるものであれば、陶芸に限らず花びらであれ、枝を使った何かであれ、それでいいと思ってます。でも金属にはあまり関心がいかない。今のところは。関心が無くはない。可能性は広がると思うけど、広がりすぎちゃって。できれば拾ったもので作りたいなっていう気持ちがあります。これは多分、スケボーの感覚に似ていて。僕はスケボーをずっとやってます。スケボーも色々な遊び方があるんです。専用に作られた公園で遊ぶのか、その辺のもので遊ぶのか。その辺のもので遊ぶのが僕は圧倒的に好きで。あの坂とか。ここの突起で一日中、遊んでいられる感覚。そういうのを見つけること。それを使って何をしようかと考えているときがすごく楽しい。割とその感覚に近いと思う。そのものと自分がより親密になれないと、なかなか作れない。僕の場合は。こういうのを作りたいからって作るのとは少し違う。

自分のものを作るというのは、最初にこういうものを作りたいっていうのをイメージして、それにはこの素材で、この方法で、そうやってイメージに近づけていくものだと教わってきたし、確か大学でもそう教わったけど、それがすごい苦手だなって気づいた。

自分が何かを設計して作っていくというのではなくて、どちらかというと出会って、土に触れて。そこで自分がどう作りたいかというよりは。

その辺のものを集めて、集めたものと、言葉はわかんないけど、遊んでたら、真剣に遊んでたらこんなのができちゃいました、みたいなもの。それをどう受け止めるか。長いことやってると、その遊びの感じもそれだけだといい加減しんどくなっちゃうから、むしろすごく真剣にやった結果、出てきたものを自分がちゃんと受け入れられるかどうか。その方がどちらかというと大変で。何が作りたいかっていうのは多分、ずっと無いんですよ。

すっごい熱中するんですけど、一回それと距離をおいて、ここをもうちょっと削ろう、っていう作業は一切なくて、ずっとこの近い距離感でやっていて、あとで客観的に見たときに自分が「ちょっと違うな」と思うのか、「愛おしい」と思うのかは僕の問題でしかなくて。そのものとそこまで親密になって仕事ができたら、「良かったな」って毎回思うんです。

これなんかは全然、みんなが見てくれないやつ。見落とされるやつで。主張がないし。銀紙をくしゃくしゃってした感じに見えるから。作ったものとも思われないかもしれない。でも、これがありきで、これで何ができるかってしていかないと。

最近、作ったものを介して人と話ができたり、見てくれる人がいてくれるのが本当にありがたいというか。ただ、言葉って復習的ですよね。作ったものを自分で再解釈するためには言葉が必要で、それがまた次のものに繋がりはする。でも言葉で組み立てていって次のものを作るっていうのは、僕はまだ、その段階はわかんない。

美しいとは何か。

怖いとか、気持ち悪いとか、美しいとか、不思議とか、どれもすごい似てる。それぞれ言葉は違うけど、同じことを表現してる。言葉も不自由じゃないですか。沸いてくる感情をどう表すかというときに、いくつかしかない。それがすごいまどろっこしいなって感じることがあって、そう思うと作った方が早い。ただ、それは共通じゃないから、伝わんない場合が多いかもしれない。でも誤解はされにくいのかな。

沈む夕陽や昇ってくる月を見て美しいと思うのは、とてつもなく大きいものに圧倒される感覚、それを言葉では美しいという表現になるのだと思う。自分がそういうものに、例えば飲み込まれるとか、死ぬとか、そこに吸収されていくとか、そんなとき、それくらい強いエネルギーに対峙したとき、怖いっていうのと、美しいっていうのと、不思議っていうのと、いろんな気持ちが湧き起こる。

なんでそう思うのって言われたら、多分、そこから生まれてきてるから。そこから生まれてきたし、そこに戻っていくって決まっているんだけど、生きているうちはまだ戻りたくない。その拒否反応がいろんな感情の形になって、それが美しい、ということなのかな。そういう意味でいうと土ってすごいエネルギーの塊で。死んだらそこに、何ヶ月かで溶けて戻っていって、また新しいものが生まれる、それが圧倒的すぎて、エネルギーの埋蔵量として。その土から何かを作る。雑草が生えて、それが土に戻って、それだけですごい。だからそういうものを作れたら、それでいい。

参考文献

真子千里『魔法の地学基礎ノート』ＫＡＤＯＫＡＷＡ、２０１９年
小林健二『ぼくらの鉱石ラジオ』筑摩書房、１９９７年
小林健二『ＵＴＥＮＡ』自装本、１９８４年
グスタフ・マイリンク『ゴーレム』白水社、２０１４年

【著　者】

松嶋　圭（まつしま・けい）

1974年　長崎県壱岐市生まれ。精神科医。

2016年　『Conversations with Shadows』にて、
第3回プラダ・フェルトリネッリ賞
（プラダ主催・国際文学賞）受賞。

2018年　『陽光』（梓書院）。

泥《どろ》だんご

令和六年一月三十一日　初版発行

著　者　松嶋　圭
発行者　田村志朗
発行所　㈱梓書院
福岡市博多区千代三―二―一
電話〇九二―六四三―七〇七五

装丁　峯崎ノリテル
印刷・製本　シナノ書籍印刷

ISBN978-4-87035-784-6

©2024 Kei Matsushima, Printed in Japan
乱丁本・落丁本はお取替えいたします。本書の無断複写・複製・引用を禁じます。

※この物語はフィクションです。実在の人物や団体などとは関係ありません。